你的自信，决定你的未来

十二 著

江苏凤凰文艺出版社
JIANGSU PHOENIX LITERATURE AND ART PUBLISHING

果麦文化 出品

目　录

Chapter 2：自信的三种维度

Chapter 3：如何练习自信

自序 | 我为什么不自信?

我们现在所说的自信，其实是与中国的传统文化、家庭教育理念背道而驰的。

大部分人，都是在一种被打压、被压制自信心的状态下成长。因为中国的传统认为，低调、守拙是美德，能够让人保持进步。

在这样的理念下，父母教育孩子常用的方式，就是打击和比较。

很多人在成年后，都不曾记得父母明确地夸奖、认可过他们，似乎从父母的嘴里，听到的更多的是“你还不够好”“你还不够努力”“你看你身上有那么多的缺点和问题，不要以为有了点成绩就可以骄傲”……

除此之外，他们还非常擅长拿孩子的缺点、不足，和其他人的优点、长处进行比较，似乎这样才能让孩子吸取到别人的优点，“别人家的孩子”仿佛浑身闪着金光。

而这些方法和方式，一直以来都和“谦虚”“努力”“低调”等词语包裹在一起，很多父母也不认为这种教育方式有什么问题。

但他们看不到的是，经历过这种打击教育的孩子，长大后对自我价值的评定非常低，远远低于他们实际的能力。不仅如此，当听过千万次不被认可的话语以后，他们渐渐丧失了自我认可的能力，也非常害怕失败和挫败。面临人生挑战时，很难再主动去面对和迎接挑战。

当他们离开自己的家庭，进入社会，看到那些更积极表现自己、更敢于挑战的人获得了更多的机会，占领了更多先机时，他们的内在就会更加容易崩溃，因为明明自己付出了很多努力，却总是没有得到相应的回报。

他们也很渴望成为更敢于挑战的人。但因为内在缺乏自信，不管是爱情的选择，还是职场的选择，都会去将就“低配”，而放弃“高配”的人生可能性。

身为女性作家，这么多年我听过很多人的故事，也在读书会的现场听过很多人的困惑。一些问题表面上看起来似乎是情感问题、关系问题，但这些问题背后的根源和本质都是相似的：缺乏自信的人，他们没有勇气建立关系中的边界，而且非常敏感，极其容易被他人的情绪影响。

曾有一个女孩痛哭流涕地说，她没有办法长期地从事任何一项工作，也无法经营一段长久的情感关系。因为不管是在职场，还是在爱情中，她觉得自己每一日都如惊弓之鸟一般，但凡别人有不好的情绪或者有负面的能量出现，她就开始害怕，认为这些都和自己有关，都是因为自己做得不够好。

除此之外，她根本不敢去和领导沟通，也不敢跟男朋友表达自己的喜好、不喜欢，这些行为对她来说都很难。

即便她自认为一直以来非常努力，可她总觉得别人内心里其实都看不上她。那些夸奖、认可的话，对她来说，只是一种社交礼仪的客套话，而不是发自内心的。

这样的一个例子或许属于少数。但容易被他人情绪影响，并且很容易觉得自我价值受到了贬低、侵犯，是我常常会遇到的情形。

多年来，我一直在出版的作品中倡导自信、自立、自爱。因为很多女孩的成长环境，并不鼓励她们去拥有、锻炼这三种能力。

可以说，很多人不仅不被鼓励，而且要遭遇诸多的打压、威胁甚至恐吓。很多父母在女孩的成长过程中，说得最多的几个词是“要懂事”“要听话”“要乖巧”；又或者“女孩子要依靠男性或者婚姻，否则无法独自生存，无法获得社会认同”；“服务于家庭，比活出自我更重要”。

活出自我，甚至是不被很多父母允许的。

从小耳濡目染家族女性的牺牲、服务之后，即便长大后她们立志要活出不一样的人生，内心却总有愧疚，无法全然地爱自己。

自爱是非常重要的一种能力。但如果一个女性因为爱自己而感到愧疚，那这份爱是不会带来幸福感的。对于男性而言也同样。

自爱，是人获取幸福感最重要的来源。

但在这条探索的路上，我越来越发现：在这三者中，最底层的基石，不是自爱，而是自信。

因为自信，它是一个系统，是人内在对自我的评定。如果这个评价系统非常脆弱，那么人很难有一个稳定的状态。

如风中之小草，并不需要一场大风、暴雨，仅是轻微的一缕风，就已经能让这棵小草的内心动荡不安。

而这样的内在状态，会让一个人大部分的心力、精力都耗费在自我怀疑、自我否定、自我矛盾中。在这样的内耗之下，想要经营工作、生活、亲密关系都会很辛苦，或许外表看起来风平浪静，但其实内在每天疲惫不堪。

更难的是，他们很难向他人展现出脆弱的一面。因为太过担心他人看到自己内心的真实状态，他们学会了一层又一层地掩饰、包裹内心的脆弱，用沉默或是攻击的方式来应对外界。

所以，学会自信，并不是为了让我们看起来显得志得意满的样子，而是人在成年之后，对自我内在、外在、知识、能力、经历等等的一次重新整合。

我们中的大多数人，对自己都太苛刻了。苛刻到必须要达成某一个巨大的成就，才敢对自己说一句“你还不错”。一旦没有达到目标，内心的分数值就极低。而那些可以做到的事，仿佛都是不值一提的小事。

他们的这种模式，就像是他们的父母，曾经苛刻地对待他们那样。

可是，人的一生中，有多少次机会可以握住巨大的成功呢？这个概率，实在太小了。况且，“成功”从来不是一个固定的状态，没有人可以一直在顶峰。

很多人可能以为，只有普通人才有这样的烦恼，那些看起来优秀的人绝没有“不自信”的困扰。然而现实中，很多人越是优秀，对自己越是苛刻。而且，他们身处在一个优秀的人扎堆往上走的圈层里，这就意味着，他们能看到其他优秀的人更努力、更聪明、更积极，这种巨大的焦虑感，也会不断地洗刷他们的内在感受。

我们需要学会抛开父母、抛开传统的价值体系，真正去看一看，我的人生活到如今，当真一文不值、不值一提吗？

到底什么样的人才值得拥有自信？

——所有人。

所有的孩子生来都拥有它，否则生命没有信心经历怀胎九月，最终来到这个世界。

是什么让我们渐渐失去了这份信心呢？

是有人在他们还没有能力看世界的时候，不断地对他说：如果你不够好，你就不值得活在这个世界上；如果你不够好，你就会被这个世界抛弃；如果你不够好，我永远都不会接纳你……

即便他们后来好好地活在这个世界上，没有被世界抛弃，也遇到了很多接纳，但这颗“不够好”的种子，已深深地植根在了脑海中。

因此，为了更好地活在世界上，不被抛弃、遇到接纳，就必须要如西西弗斯一般。

在希腊神话里，诸神为了惩罚西西弗斯，要求他把一块巨石推上山顶。他用尽全力做到了，可巨石抵达了山顶，就又滚下山去，前功尽弃。于是他只能不断重复、永无止境地做这件事。

这就是命运中令很多人感到沉重的那个部分。

这十年来，我越是不断地学习、精进内在的功课，我就更加深刻地发现，所谓的自信，其实就是我们跟自己的关系，我们跟世界的关系——

你不接纳自我，你就不会相信他人会接纳你。

你对自己没有自信，你就不会对世界有信心。

这才是真正的改变人生命运的钥匙。

只有手握住这一把钥匙，让自己去信任自己、信任世界，才能真正地相信：我当然值得活在这个世界上，而这个世界也不会辜负我。

Chapter 1

自信到底是什么？

自信到底是什么?

希腊有句话说，信心比天才重要。

大部分人都知道，自信对一个人的人生有极其重要的影响。

但自信到底是什么呢?

其实，这是一个很有趣的问题。不同的人有不同的回答。

有的人认为，自信是一种性格，就如自卑也是一种性格。而一说到性格，就好像有的人天性自信、积极、乐观；而有的人天性自卑、消极、悲观。

有的人认为，自信是一种气质、气场。当你站在自信的人身边，他们就能释放出很强的气场，能够让他人相信他们所说的话，相信他们能够做到说的那些事。

有的人说，自信是一种健康的心理状况，它能让人的身体更挺拔舒展，让人的情绪更稳定。而没有自信，就会情绪化、敏感，甚至易怒，身体也会积累很多负面能量，甚至导致弯曲变形。

还有的人说，自信就是自己喜欢自己，自己相信自己，自己认可自己。

在心理学上，自信并不是一个形容词，而是一个可以量化的指标：

“自信是描述人在社会适应中的一种自然心境，即人尝试用自己有限的经验去把握这个陌生世界时的那种忐忑不安的心理过程。”

也就是说，人面对陌生事物、未知事物时，越有信心去适应，越有经验和底气，就越自信。

到底哪种说法才对呢?

其实，每一种说法，都是自信的一个面相。也就是说，我们是根据那些自信的人，他们身上的行为、状态，而总结出了自信的特质。

但这就有一个矛盾之处：我曾问过一些看起来非常自信的朋友，你觉得自己自信吗? 很多人的回答却是：我内心深处，其实有很多的不自信，身边优秀的人太多，他们远比我自信。

这种矛盾，我相信在大多数人身上都有。有时候，你觉得自己是自信的，或者说拥有那么一点自信；但有时候，你会觉得自己非常不自信，没有任何地方值得自信。

原因很简单。

因为人类拥有两种感知，理性的感知和感性的感知，有时候它们也被称为理性脑和情绪脑。

理性脑里面，装着我们从小所接受的文化、常识、规则、知识、道德……它们通常是固定的，是你应该怎么样、必须怎么样、不能怎么样。

情绪脑里面，装着我们身体的感受、过去的经历、各种情绪……它们无法被固定，会随着天气、季节、身体状况、周遭环境，以及面对的人或事等一切可能的因素而变化。

很多时候，我们的理性脑和情绪脑之间会有矛盾和冲突。理智认为你应该自信、积极、乐观，但情绪脑却无法做到。

人注定不可能拥有一种恒定的自信心。但更重要的是，人也注定不会只与恒定的自卑相伴。

人只要还想努力活下去，没有决定主动放弃生命，那么，在他内在的小宇宙里面，就一定还藏着自信的小火苗，没有熄灭，仍然在等待着有一天，被开启，被点燃，能够发光发亮。

在我看来，自信就是生命的本源。

每一个生命到来之初，都携带着这簇火苗。只是在后天被养育的过程中，火苗没有被发掘，没有受到鼓励去发展壮大，反而是被一盆又一盆的冰冷之水浇熄。

自信，需要很多的养料，也与一个人想要好好活下去的意愿息息相关。

现实中我遇到很多人，他们其实并没有走到人生的低谷，但脑子里却时常出现这样的念头：

我活在这个世界上有什么意思呢？

不管做什么，我都做不好，我这个人活着是没有意义的。

当这样的念头积累多了，被重复了一千遍、一万遍之后，他们就把这些念头当成了事实。

自信心，也就成了奄奄一息的灰烬之火。

这也是我想写这本书的初衷。

过往的经历、原生家庭的模式固然强大，但人类其实一直在探索，如何去超越这些碾压，以更强悍的姿态去面对现实。

从这个角度来说，自信，是一种能力、一种思维模式。就像游泳、画画、英语一样，是可以通过学习去获得的。它可以通过千万次的重复练习，变成你可以拥有的一种技能，无须经过头脑思考，就能在潜意识里自动发生的脑回路。

你需要的不是像求神拜佛那样去跪拜，而是学习、看见、反复练习，最终，改变发生。

换句话说，自信的人，他们就是更擅长这一套方法的人。不自信的人，是不懂得、没学习过，或是不擅长这一套方法的人。

对于这两种人来说，学习的难度确实有一定差距。因为每当后者想要去学习、尝试、练习新方法的时候，他们的脑海中总是会出现各种各样的负面声音来阻止他们，让他们想要放弃。

事实上，不管外在我们展现出的状态如何，我们内在的理智脑和内在的情绪脑里，都有很多积压许久的负面能量、信念、价值观。它们像埋在土里的地雷一般，不被触碰时也不被看见，不会发作，看上去什么也没有；但只要一被踩踏、碰触，它们就会轰然作响。

先不要急着去问：我该如何拥有更多自信，我该怎么办？

我知道，有很多人，总是想问到一个答案，希望有人能给他们确定的指引。似乎得到了这个答案，就可以立刻让它实现。

但事实上，别人的答案未必适用于你。更重要的是，当你并非发自内在地懂得，你是无法发挥那个答案的真正作用的。

从知道，到做到，这中间隔着一条旅途，也许这是一条很长的路，需要你花费十年甚至更久的时光才能抵达。那是因为，你要知道，你过去的模式，过去习得的方法，已经被你用了很多年了，已经被你的父母、家族传承了很久很久，当然不可能轻易地被你甩掉、替代。

但人生那么长，总要做些不一样的事，好让生命的答案不一样，也让未来可能流淌着你血脉基因的人们，得到你传承下来的一些经验。

这也是我多年前踏上这条路的原因。从一开始的懵懵懂懂、跌宕起伏，到看到一些目标的达成，敢于展露更多的自信。十几年来，我一直在学习、体会、练习这一切，所以，我也想把这个部分更完整、更清晰地分享给你们。

拥有自信的过程，永远是始于疗愈，终于达成。

让我们一起上路吧。

◎ 深窥自己的心，而后发觉一切的奇迹在你自己。

——培根

自信是一种语言习惯

日常生活中，如果你仔细观察，会发现人们判断一个人是否自信，通常有一些标准。除了最直观的身体姿态外，语言表达是大部分人都能感知到的一个维度。

很多人会有一个误区，认为勇于表达自己，想什么就敢说什么是一种自信。事实上，那经常是一种“盲目自信”。盲目自信，是很容易被拆穿的，而且给人的观感并不舒适，甚至会因为话说得太过、太满，而很快令人失望和厌烦，丢掉了分数。

自信与是否健谈并无直接关系。在语言表达背后，真正的根本，是你的思维习惯。

撒切尔夫人曾说过：“注意你的行为，因为它能变成你的习惯；注意你的习惯，因为它能塑造你的性格；注意你的性格，因为它能决定你的命运。”

每个人的表达，都是有习惯的。

比如，经常习惯说“没事”“没关系”的人，往往内在都是对关系不够自信的人，明明介意，却要装作不在意。尤其是当这两句话成为习惯以后，他们已经无法表露自己其实“介意”。

能表达介意，敢表达拒绝，这些都非情商技巧，而是源自内在的自信：即便我说了介意和拒绝，我也并不害怕破坏和失去这段关系。

为什么不怕？因为他们心底有那份自信，去相信自己值得被尊重。而一旦他们有这样的思维惯性以后，他们反而能更多地去看见：原来带着尊重地拒绝他人，真的不会破坏关系。

这就是自信带来的良性循环。

自信的人，有很强的边界感，他人也能感知到这份边界，不会轻易破坏。而不自信的人，边界模糊不清，还可能因为他人的情绪，不断地主动讨好，放弃边界。

边界感，是关于自信表达的第一个部分。

第二个重要的部分，就是习惯使用正向、中性的词语，而不是负面词语。

举例来说，很多在亲密关系中有障碍的人，经常会因为一点小事就说：

你一点都不在乎我。

你就是不够爱我。

你为什么要这样伤害我？

一旦这些语言变成了惯性，他们就开始真的相信这是一个事实：我选的人，都不在乎我，都不爱我。

一次、两次，或者更多次重复这样的语言，那么这个人几乎就要相信：不被爱，是一种宿命。

其实，表达这些话的本意，是希望对方在乎我，爱我，不要伤害我。然而，他们却极少去表达“我需要什么”，而是更习惯于表达“你做错了什么”。

这种在关系中习惯性的负面表达，通常来自原生家庭。但如果成年后，没有主动改变的意识，就会很容易成为一个在关系中自我价值感较低，对爱情也极为不自信的人。

可如果我们换一下表达方式，感受下这两种句式，谁的自我价值感更高呢？

你不在乎我	我需要你在乎我多一点
你不够爱我	我需要你这样来爱我
你伤害了我	我需要你这样做，我就不会感到受伤

前者的表达看似是很强大的愤怒，内在其实脆弱得不堪一击；后者的表达看似是淡淡的，内在却是强韧笃定的。

前者是极强的负面情绪，容易让彼此感觉到，我们未来迟早会分开；后者是一种正向的自我表达，认为对方可以有能力给我更好的爱。

思维，会塑造人的表达习惯；而表达习惯，会成为人的性格，从而最终决定命运。

读者向我倾诉的时候，即便没有面对面，我也总能清晰地看到她们当下的状态。她们总问我，是有什么强大的心灵感应能力吗？

并不是。只是因为我从她们表达的习惯里，看到了内在的状态，以及背后的思维。

所以，如果你想拥有自信力，成为在关系中更具有自信的人，最简单的方法就是——改变你的语言习惯，进而改变你的思维习惯。因为比起改变思维，改变语言相对要更容易入手。

在本书第三章，我会用专门的篇幅来说明，如何习惯正向思维，享受正向思维表达带来的神奇魔力。这其实一点都不复杂，也不困难，只是需要我们更多地去看见，语言真的是充满神奇能量的。

此刻，不管你周围是什么环境、什么天气，我想邀请你们，跟随我一起感受一下这两种不同的表达方式：

我从来都做不到	我暂时还不知道该怎么做
我不可能拥有爱情	我还不太了解爱情
没有人重视我	我可以变得更重要
别人都看不见我	我期待被更多人看见
我天生长得就不美	我有变得更美的潜力
我的父母从来都不爱我	我的父母不懂得如何爱我
我天生性格就不自信	我正在学习如何更自信

如果你能从后一种表达中，感受到更多的希望、能量，以及改变的勇气和动力，那么，此刻就已经是一个更加自信的开始。

◎　先相信自己，然后别人才会相信你。

——罗曼·罗兰

自卑和自信的游戏，你选择玩哪一个？

1

在很多人的头脑里，都贴着一个标签：自卑。

他们把这个标签称为“性格”，似乎它是与生俱来、无法改变的。这个标签不仅撕不掉，还越贴越多，从头到脚贴满。

在我的读者见面会上，常常有女孩站起来自我介绍时，用这样一句话：我是一个自卑的人，很讨厌这种性格，但不知道怎么办。

当这样的女孩站起来的时候，脸上确实满满的都是自卑的气质，眉眼低垂，可能从小就时常盯着地面，不敢直视别人的目光。

她们的身体姿势也是蜷曲、不舒张的：双臂紧紧内扣收着；脊椎也不直立；穿着以深色为主，可以隐藏在人群的角落里，不太容易被人一眼看到。

人的思想其实不只是会影响我们的心智、行为，还会影响我们的身体姿势和我们的审美。而这些统一起来，就是一个人给人的直接感受，被称之为“气场”。

如果自卑的人和自信的人，同在一个场域里，前者的气场是微弱的烛光，飘忽不定，感觉一口气就能被吹灭；而自信的人，是大瓦数的射灯，能量满满，照亮全场。

烛光是消耗品，点燃是消耗，仅能供给一点光和热，照亮一点点地方；而射灯，可以照亮几十平方米的区域，甚至扩散几公里之远。

外在气场不同，影响力不同，久而久之，一个人可以驾驭的资源，可以调配的部分，就会相差越来越大。

自卑的人，总认为“我只有自己”，甚至连拥抱自己都做不到；

自信的人，总认为“我拥有很多”，甚至可以去拥抱整个世界。

自卑是一个黑洞。

明明在洞外有一个庞大的宇宙，但陷在自卑之中，看不见身外的世界。自卑的人往往很想遇到一个像太阳那样无私付出的人来爱他们。可遇到了，他们又陷入了另一种恐慌——万一太阳离开了怎么办？为什么这么多人，他偏要选我？

然后，本来可以得到更多的光和亮，也因为这样的惶恐和质疑，导致自己无法真正去感受那份光亮。

人特别可怕的一点是，当你内心执着于一个观念的时候，这个强大的执念，就会阻碍你真的得到和拥有。

2

事实上，自卑是一种习惯，自信也是一种习惯。

自卑的习惯是，不断往自己身上贴负面的标签，一旦有任何挫败、失落、错误，不问缘由，都会立刻产生一个新的负面标签，贴起来。

自信的习惯是，不断往自己身上贴正面的标签，一旦有任何成绩、满足、认可，不问缘由，都会立刻产生一个新的正面标签，贴起来。

这是两个不同的游戏。

相同的是，这个游戏——可能每一天，每一个当下——都在你的潜意识里自发地在玩。你可能根本察觉不到，也无须思考，它已成为一个自动化的游戏，就像程序代码一样，自动输入，编入你的大脑程序里。

负面标签如风，总是在狂风中的烛光，当然摇摇欲坠；正面标签如电，源源不断输送能量，当然日益光亮。

想象一下，两个婴儿来到这世间，都是光亮洁净的身体，都是崭新的白纸。

一个不断地被贴上很多正面的标签：可爱、快乐、喜悦、美丽、懂事、健康、积极、上进、努力、聪明、优秀、满意、丰富……

而另一个不断地被贴上负面的标签：难看、羞耻、懒惰、调皮、捣乱、累赘、不懂事、愚笨、恐惧、紧张、脆弱、贫瘠、匮乏……

十年、二十年后，这两张白纸会是什么不同的景象，这两个婴儿的身体会长成什么不同的姿态？

3

如果你能理解这一点，就可以看见，那些看起来自信心爆棚的人，往往都是非常擅长自我肯定，并且能无障碍地表现出自我肯定的人。

但习惯了自卑的人，看到这种模式时的直觉反应却往往是反感，忍不住想要打压这种“骄傲自满”。

“你又不是最好的，为什么这么嘚瑟？”

“如果放任你这样自我感觉良好，你尾巴还不翘到天上去？”

“必须得打击你，你才会回到现实中。”

这两种思维模式，刚好是对立的。

如果你的自我肯定只是“表象”，遇到打击，就会跟随着一起掉入自卑的思维里，被压制、钳制，一起走向自我怀疑与自我否定。

很多读者跟我说，每次跟父母待三天以上就会忍不住想逃离，原因就是父母第一天总是极尽讨好，可到了第二天就开始从头挑剔到脚，似乎看他们哪里都不顺眼——人和人之间真正的代沟，不是性格，而是模式。

如果子女能清醒意识到：我自信一点，骄傲一点，没有任何问题。父母不认可我，不是我的错，只是我们的模式不同——那么就能在那个当下有智慧地拒绝，不和父母的负面情绪纠缠在一起。

但如果做不到，结局就是虽然逃离了父母，却把他们的否定、指责带回到了自己的生活中。即便相隔千里，却依然感觉自己永远无法得到父母的认同。

这是人的潜意识自动做出的选择。

天长地久，从所谓的性格，渐渐变成了命运。

很多人走入婚姻家庭后，继续用父母的这种打压方式去跟孩子交流。如果这个孩子恰好天性脆弱，那不幸就会产生：不自信的模式将会继续传承下去，除非孩子后天愿意通过大量学习，重新训练自己的大脑，转化自我模式，重新建立自我认可。

这也解释了一个很多人的疑问：为什么我父母看起来并不自卑，而我却如此自卑呢？

自卑并不会遗传。真正被遗传的，是负面思维、负面模式、负面能量。

同理，正面的思维、模式和能量，也会被更好地传给下一代。

在后面的章节中，会教给大家很多方法，如何一层层地撕掉那些负面标签。

但在学习之前，有更重要的一件事，那就是，你是否已经看见，并且意识到，你并非天生自卑？

第二个更重要的决定是，你是否愿意并且决定，要开启人生中至关重要的一次学习，去学习转变内在模式，拥有自信，拥抱真实的自己。

4

为什么要做这样的一个决定？因为自卑是一个完美的理由，一件完美的武器。

多年前，我有过这样一位同事。刚相识的时候，我觉得她是特别热心的大姐，很会照顾他人，但是没过多久，我发现她开始喜欢向我“倾诉”。

每当谈到其他同事的时候，她似乎永远有各种理由指责。“某某还不就是嫁得好，所以比我们活得都轻松”“那谁就爱跟领导套近乎，昨天又在领导办公室待了半天才出来”，等等。

她看不到其他人工作中的优点和长处，却总是能够把这些归结为一个简单又粗暴的理由。

后来我渐渐发现，她根本不需要任何建议，她只是需要找一个人听她的抱怨。在她身上，有一种深深的无力感，既不愿意改变自己，也不相信生活可以更好。

一个成年人，如果认为命运早就为自己写好了剧本，本质上，她就已经放弃了生活后面所有的篇章。

这样的人，不仅自己沉浸在这个游戏中，把一切理由都归结为“拿到的牌不好”，而且这种受害者思维还有极强的传染性——向周围的人宣讲生活的无望、无助、无奈，然后，躲在这样的故事里，甘心当一个把头埋在沙子里的鸵鸟。

在我二十几岁的年纪，每每听到这样的故事，我的情绪也会瞬间被拉到谷底，开始担心、害怕生活是不是都会像他们说的那样，渐入中年后，就会走入无望和无奈。

然而，当我放下评判心，去接触那些他们嘴里“讨厌的人”，我的世界反而变得更宽阔了：她所说的，那个嫁得好的女同事，实际上心态无比强大，并不会因为自己小镇出身就自认低人一等。她从不刻意讨好公婆，也不会委曲求全，工作上目标清晰，生活里情绪稳定。而她口中那个擅于逢迎领导的同事，实际上非常擅长沟通。是他教会了我职场中要学会和领导确认意图，而不是按照自以为的理解去做事。

先天条件上的欠缺，是自卑强有力的燃料，可以源源不断输送负面能量，让人永远可以找到理由拒绝尝试，拒绝挑战，选择放弃，得过且过。

他们害怕靠近比自己更强的人，也不懂得寻求帮助。而有力量、有能量帮到他们的人，也会选择远离那些因自卑而脆弱的人。

最后，自卑成了对所有事情无能为力的挡箭牌。

内在对自我缺乏认可，不仅会阻挡一个人变得更优秀，也会阻挡人对爱的感受。

我曾经遇到过一个读者，她的每一段恋爱，过程都很相似。一开始，她是无比高冷的公主，很难有人靠近她，但她内心又无比渴望被爱。每当有一个勇士放下自尊努力追求，她也会慢慢卸下戒备，愿意走进恋爱关系里。

然而一旦开始恋爱了，她就无法控制自己的负面情绪，变得非常脆弱。而当每一次感到脆弱时，她都期望立即得到回应，否则她就会陷入愤怒。

她自己也很困扰，没有恋爱的时候，她反而不会去表现脆弱和自卑。可一旦进入亲密关系中，她就会极其敏感。对方没有立即接电话，她会觉得，肯定是自己不重要了，他不再那么爱她了；看到对方身边有优秀的女孩子出现，她就会更加抓狂，需要时刻确认他的行踪，否则就开始担心他爱上了别人；无论对方如何表达在乎她、爱她，承诺会专心不二，她都不肯相信，然后细数对方的种种过错。

直到最后，两个人都精疲力竭，由爱生恨，选择分手。

每一次分手后，她的结论都是一样的：我不够好。然后继续拿流行的鸡汤安慰自己：当我变得更好，一定就会遇上更爱我的人。

事实上，从旁观者角度，她的每一任起初都是关怀备至的。

可是，只要有一次被忽略，只要感受到受伤，对方犯的错就会被无限放大，对方之前的付出，在彼时似乎都被她一笔抹杀，全部忘掉。

过后想起对方的好，她又会懊悔和自责。每一次感情，都在这样的情绪里反复折磨自己。

感情中有一种催眠。当你第一次说“你不爱我”，对方可能会解释，会不断去证明。但是第十次之后，解释可能就会变成沉默。

当一百次“你不爱我”之后，对方就会真的承认——是的，我的确不爱你了。

我跟她说，真正的更好，是内心有那个自信——我是与众不同的，我值得被爱。否则，一切外在条件的变好都只是面具，并不会引领你拥有爱情里的安全感。

有很多成语和童话，成年人看的时候，总觉得不可思议。

人怎么可能会坐井观天、掩耳盗铃呢？谁会像那个青蛙、那个小偷那样傻呢？但生命很多时候，就是这样不可思议的。我们嘲笑着父母那一代人的坐井观天，却没有意识到，我们的孩子未来可能也会如此嘲笑我们。

自卑的游戏玩得越久，身心越疲惫。

天地，永远都是相对的，也永远是无限的。

同不如你的人比，往下看，你可能并不是最差的。但往上看呢？对于远比你优秀的人来说，你的那方天地可能就太小了。

人生有限，但它也是个无限游戏。所谓的尝试，不是走向完美；而是去拥抱和迎接无限，去看看自己还有多少潜能可以打通。

你决定好了吗？是否要进入一个不同的思维游戏中？

◎ 我只有一个忠告给你——做你自己的主人。

——拿破仑

每一个生命都因自信而来

电影《心灵奇旅》里刻画了一个叫作“生之来处”的地方，每个灵魂都要在那里接受培训，找寻各自的特性和兴趣。只有找到了自己兴趣的人，心口的“灵感”才会被点亮，能够获准前往地球降生。

失意的音乐老师乔伊，因为意外进入了这个世界，遇见了一直无法获得准许的“22 号”。他们两人一个对前往地球没有渴望，一个却想尽各种办法回去实现人生理想。

拿着“铁饭碗”的乔伊，理想是在爵士俱乐部演奏钢琴，却因为妈妈的执念，不得不选择“老师”作为职业。这样的两个灵魂相遇之后，22 号误打误撞地进入了乔伊的身体，体验到了世界，吃到了比萨、糖果，听到了风声，看到了树叶飘落、云卷云舒。她丝毫不被乔伊的那些观念所限制，勇敢地跟妈妈表达自己的理想，母子达成了和解。

可就在乔伊即将拿回自己身体的那一刻，22 号突然不愿意交换了。她无比留恋这具身体所感受到的一切，那些眼耳鼻舌身感受到的所有美好。

电影的最后，乔伊成功地实现了梦想，完成了一次精彩绝伦的演出。而 22 号也终于拿到了“爱的号码牌”，迎来了地球的生命之旅。

虽然是动画片，但故事的背后，是人生的一个终极问题——我为什么要来到这个世间？

有很多人跟我说过，他们只有在痛苦的时候才会想到这个问题，尤其是当他们想起父母曾说过的话：就是因为你，我的人生才这么糟糕，不然我早就可以摆脱这一切。

很少有人会在开心、愉悦、满足的时候想到这个问题：我为什么要来到这个世间呢？

人的内在，都想要证明自己存在于这个世界的价值和意义。

每一个人都想。

而世间的人和事，经常会带给你一种感觉——你不配存在这个世界，或者你自己不够好，不够有价值存在。

当这种感觉出现的时候，人就会瞬间感觉到自己的渺小、卑微，失去活着的自信。

我听到过很多人痛苦地说：

如果我不够有钱，我没有赚到很多钱，我就不值得活在这个世界上。

如果我对他人不够有价值，无法改变家人的命运，我就不值得活在这个世界上。

如果我不够美，不够苗条，不够性感，不够有魅力，我就不配得到很多爱。

这些痛苦的背后，都是因为你并不相信——对任何人来说，既然你能来到这个世间，你就是因自信而来的，否则你是如何承受在母体内那九个月的黑暗，以及离开母体时那痛苦的挤压呢？

如同 22 号一般，找到灵感，得到“爱的号码牌”，不是靠任何技能，只是你对生命、对世界足够渴望而已。

不幸的只是，养育你的人可能看不到你身上更多的潜力和天赋。而你自己，也还暂时没有看到而已。

在我小的时候，我曾无数次有过这样的想法：好希望上天给我换一对父母，我想要能够理解我、看见我、认可我的父母。

然而，当我真的成为母亲以后，我摸着肚子里的生命发现：我其实并没有足够的自信，做一个比我妈妈更好的妈妈。

可当我的孩子来到这世间以后，我发现，他远比我想象的要强大得多。

即便是婴儿，生命与生俱来的东西已经足够强大：敏锐的直觉力、无比巨大的好奇心、超级无敌的模仿力、爱的强大能量，以及遗忘的能力、原谅的能力，等等。

婴儿的无敌自信就是，他们绝不会担心，因为哭泣就被嫌弃。一旦他们敏锐捕捉到爱的信号，他们就会直接地表达需求。

这些都是与生俱来的，无须任何学习就拥有的能力。

不是你天生没有自信，相反，是你的自信后天不断地被磨灭掉了。

哭泣的时候，没有人安慰。

孤独的时候，没有人看见。

害怕的时候，没有人陪伴。

畏惧的时候，没有人鼓励。

委屈的时候，没有人理解。

于是你学会了躲藏，学会了低头，学会了用一种蜷缩的方式去生存，不再有勇气伸展身体，不再有欲望去展示心灵。

我喜欢这样去解释自信——它不是任何一个指标或目标的达成，

也不是侃侃而谈或挺直脊背。

自信与外在无关。

它是一个人在还没有达到结果之前，依然敢于相信结果。它是一个人看到无数的不完美之后，依然敢于相信美好。

自信从来不是永恒存在的，但它始终都会在人的基因里。它是一个人与世界的一种友好共存，不必蜷缩地、如植物一般地生长自信，尽力朝着阳光的方向，不断地生长出枝叶。

无论死生，不管起点和终点如何，都能相信：

是的，我是因自信而来。

我将找回我的自信。

我终将归于自信。

◎ 信心是命运的主宰。

——海伦·凯勒

真正的自信，是后天长出的

关于自信的一个最大的误区，就是人们总以为，自信是天生的，后天极难改变，就如人的五官、身材一样。

一旦这样想，那么这个人也许就会把自己永远关在“自信”的门外。

不得不说，确实有一些人，他们比大多数人更能扛住否定和打击，但这并不是因为自信指数高，而是因为他们对外界的敏感度低，也就是“钝感”。

我遇到过很多从小就很漂亮的姑娘，在青春发育期遭遇长痘、变胖之后，无法接纳自己“变丑”，长大后反而比长相普通的姑娘更自卑。

与之相反的是，很多小时候像丑小鸭一般的姑娘，在那个推崇双眼皮、圆脸、皮肤白皙的时代，她们因平胸、大脸、单眼皮、皮肤黑黄而备受周围环境打击。可长大后，时代的审美变了，当她们学会了接纳自己，修饰自己，懂得扬长避短，反而成了很多人眼中羡慕的“高级脸”。

幼年自卑，只是意味着环境没有给予你自信的条件，并不意味着你注定要与自卑为伍。

成人之后，每个人的状态，都是由自己选择的。

小时候，我有一个成绩特别优异的同学，绝对属于“别人家的孩子”，学习对他而言似乎是很轻松的一件事，高考轻松就考上了顶级名牌大学。

然而，到了名牌大学，学霸随处都是。因为不懂得社交，也没有身高和外表优势，他从众星捧月，变成了无人关注。整个大学，他都在整夜打游戏，白天旷课，考试挂科。毕业后，他找不到工作，也没有能力养活自己。

相反，有几个在读书时代成绩一般，喜欢调皮捣蛋，在老师眼里不可能有出息的孩子，后来虽然只上了一个很普通的大学，却一直很受女孩欢迎。工作后，在新的行业里也做得风生水起。

就生命状态而言，外在的标签，不管是财富、地位，还是外貌、身材，都无法永恒存在。此刻你可能拥有，但你可能很快失去。拥有它们，并不一定会带来内在的满足、自信。

自信很难一直延续，因为时代会变，环境、评判标准甚至审美都会改变。曾经你引以为傲的某些资本，换了环境、标准之后，可能突然变得毫无价值，反而成了限制和障碍。

这就像上天设定的两种游戏模式。一个人拿着一万元的筹码入场，当筹码并没有越变越多时，每输掉一点，他就会担忧满盘皆输；而另一个人拿着一百元的筹码入场，即使只赚了一点点，都会觉得自己无比幸运。

所以，阿德勒说人类的一切文化，都是以自卑为基础的。

自卑与超越，如同一对双生儿。因为自卑，所以更想要超越，更敢于超越。

自卑，不是一种病态，而是一种常见的心理状态，甚至可以说，每个人都曾对自己的某一部分、某些状态感到过自卑。而这些部分，一定是人更愿意花时间去成长、改变的部分。

有一个普遍的事实是，我所遇到的大部分的女性，她们都是在三十岁之后，才开始喜欢自己。更多的人，直到四十岁才能与内在平静地相处。

很多活到四五十岁，依然屹立一线的女明星，出道时都不是天赋、资源最好的。正因如此，历经嘲笑、贬低之后的她们，会更珍惜自己被岁月打磨出来的美丽与才华。

蔡依林说："四十岁是个很棒的年纪，如果你还没到四十岁，我跟你说，四十岁真的feel damn good（感觉好极了）!"

早已迈入五十岁的刘嘉玲，在同期女星纷纷隐退之后，还能霸气地说："我整个人是无价的。"

比起年轻时候的自己，我更喜欢现在的自己——每一个能说出这句话的人，都感激生命中所遭遇的磨难，那些坎坷最终被炼成了自信。

真正的自信是学会了更相信自己、更喜欢自己。而这种能力并不是先天顺遂就可以得到的，它是后天历经过无数挫败、痛苦、离散之后生长出来的。

我有一本书《最好的年龄才刚刚开始》，写这本书的时候我正好面对三十岁的门槛。二十几岁的时候，我对自己极其不满意。我讨厌自己的害羞，却又为自己的骄傲苦恼。不管是工作还是爱情，对我来说都是辛苦的。也许别人觉得我还不错，但我的内心，从未有一天对自己满意过。

可当我真正跌到最糟糕、最低谷的时候，内在自我拯救的强大能量却被激发了，我跟我自己说：你不可以再这样下去。

自救的方法其实一点也不复杂，就是坚定地对自己说：从此刻起，再也不要跟其他人比，只跟过去的自己比。只要今天比昨天好，只要现在比过去好，就值得庆祝。

可以说，穿过生命中最艰难的那段时光以后，我才真正拥有了自我和自信。

无数人夸赞你，可如果你自己并不相信这些赞美是真的，在听到的那一刻，它们就会被你的大脑自动屏蔽，不可能真正进入到你的意识。

就像很多人，当他们听到别人夸奖自己好看的时候，下意识的反应是拒绝，是立即告诉对方自己身上的缺点："你不知道我腿有多粗""我最近长了好多痘痘""是衣服好看不是我好看"……

当这些话被说出口的时候，身体接收到的信号，只是再一次加强了自己跟那些缺点的联结。

唯有当你自己真的发自内心相信，这些赞美是真的，我就是这样好，你才能感受到自己的美好。

而这种相信，不是每天喊口号就可以获得的。

相信，一定来自你确实做到了一些事，你令自己刮目相看，你超越了过去的自己。没有任何事，比超越自我，更能令一个人自信。

超越他人，未必会获得真正的自信，因为永远还有更厉害的某个人存在；但是超越自我，一定会发自肺腑地对自己刮目相看。

当我们能够把目标从他人身上转向到自我身上，那就是内在自信生长的绝妙开始。

这一生的旅程，我们其实并不需要让很多人满意，即便是我们的父母。因为他们的满意，并不能真正改善我们跟自己的关系。唯有你自己对自己更满意，才可以获得更多的自信。

想一想，也许你对现在的自己还不够满意，但此刻的自己，是否已经比五年前、十年前的自己更好、更棒了呢？也许你并没有注意到，你比过去更勇敢、更有力量、更美、更独立，因为你一直盯着远处那些还没有抵达的地方、还没有实现的目标。

可如果我们一直盯着远处的部分，从不去看见当下的力量，这就意味着，你一边在小看自己，一边又期望自己快速达成一个巨大的目标。

这就像期望一只蚂蚁拥有大象的力量，能去搬动一棵大树，这也必然是费力的、辛苦的，充满着自我怀疑和摇摆。

学习自信的能力，它的一个巨大的意义，就是在不改变目标的情况下，我们可以活得更轻松、更自如。

同样的目标，你实现、达成得更轻松。

同样的关系，你拥有、享受得更轻松。

对于普通人而言，一生何其短暂，又何其漫长，你可以选择艰难地活，也可以学习更轻松地活。这个选择，是由你自己来做的。

每当我遇到身边的人不停地、一遍遍地纠缠在过去的痛苦里时，我都会平静地问他："这是你的人生，不是我的，你愿意为自己做一个决定，去活出一个新的自己吗？"

很多人当即就愣住了。因为他们在抱怨的时候，并没有意识到：纠缠过去，就是在拒绝改变。

很多人待在过往的自卑里，把它变成了一个舒适区，不肯走出来。因为自卑是一个绝佳的理由，可以解释一切的失败和失去。

然而，舒适区从来就不舒适。

走出来，去超越自我，找到对自己满意的能力，拥有自信，更轻松地过此生，一切的一切，只取决于你是否愿意发自内心地为自己做这样的一个决定。

是否真的对自己说：是的，我愿意做这个决定，不是为任何人，只是为我自己。

◎ **有信心的人，可以化渺小为伟大，化平庸为神奇。**

——萧伯纳

别期待恒久不变的自信

1

我自信吗？

我是一个自信的人吗？

从写这本书开始，这两个问题，每天都会在我脑子里打转。

然而不同的日子，甚至不同的时刻，答案竟截然不同。

我好奇地问过那些看起来时刻精力充沛、自信满满的朋友，得到的答案出乎我意料。

有的人会笑着说："我？我怎么可能是一个自信的人，我身边优秀的人太多了，他们时刻让我感到自己被狠狠地碾压。"

还有人会在说出答案的那一刻，露出些许悲伤的神态："我？其实我从小就不自信，因为我父母好像从来没有对我满意过。我记忆中，都没有他们夸赞我、认可我的画面。"

只有极少的人，可以肯定地跟我说：是的，我觉得自己一直都是一个自信的人。

每当提及自信这个词，似乎就给人带来了某一种压力。

因为，人们总是认为，自信，意味着拥有一种绝对的优胜感：我必须比他人都要强；又或者是需要一种绝对的底气：什么事，我都可以搞定。

然而，这是不可能的。

小孩子会说，希望自己永远快乐，希望每个人都永远爱我。而成人之后，每个人都会懂，永远没有永远，不可能永远年轻，不可能永远快乐，不可能永远有钱。

自信，当然也是这样，没有恒久不变，没有永远自信的人。

自信的可贵，或者说，它之所以令人感觉那么难以把握，正是因为它一直在某种浮动状态中，深受周围环境的影响。

碰到更美、更聪明、更优秀，拥有更多的人，站在他们身边，无形之中，我们就会容易感受到自己内心的光芒一点点暗淡下去了。

而人们之所以更喜欢待在某些人身边，正是因为，自己会感觉到内心的光芒是稳定放松的、冉冉升起的，那一刻，活着的自信，是舒展而笃定的。

然而，现实中，人们大多数时候的状态并非如此。

大多数人的痛苦是，一边自卑，一边自傲，内心每一天都在拉扯之中，天人交战，不知道哪一个才是真实的自我。

自信并不站在自卑与自傲中间，站在其中，就难免上上下下、不上不下。

自信不是恒常不变的，波动才是常态。

2

如果你能意识到，自信其实就是这样，是可以后天生长的东西，而能刺激它更快生长的，不是舒适，不是呵护，而是压力，就会释然。

一如山本耀司所说，“跟很强的东西、可怕的东西、水准很高的东西相碰撞，然后才知道自己是什么，这才是自我。”

有一种自信，来自敢于去碰撞，去跟更强的人在一起，即便感受到被碾压，也依然勇猛向前。

你不是不自信，相反，很多的挫败感，来自你希望自己更自信。

人的理性上知道，永远是不可能的。但人性依旧会无休止地追求，希望拥有得更久、更多。

其实本质就是，人在千百年来所积累的一种自信。否则，宇宙洪荒，开天辟地之后，人不可能一步步成为万物之灵，站在食物链顶端的位置。

每当更前进一点，自信也就多生长了一寸。但越前进，碰到的障碍往往更多、更难、更可怕。

这就是修炼自信力里最难、最核心的部分，如何去更多地拥有相对稳定的核心，在被障碍反弹回来的时候，不至于跌入谷底，依然能维持在某个水准之上。

3

自信是一个独立完整的内核，是需要有合适的土壤来生长的，而你必须要成为那个合格的园丁，给予它足够好的生长环境。

我很喜欢观察我的孩子。一个很有趣的现象是，两个孩子的自我状态各不相同：儿子相信他是优秀的，但绝对不会承认自己是最棒的，因为一定会有比他更厉害的人；女儿却可以轻松地说出“我是最棒的”，即便她知道有比她更厉害的人。

我仔细想过，为什么会有这样的不同？

其中一个很重要的原因就是，儿子是大家族中的长孙，也是我们家庭中的长子，他在出生那一刻，就注定了他所承受的期望、压力来自很多人，这不是我所能改变的。期望越大，期望越多，失望亦更多，得到的批评和否定自然相应更多。

而女儿出生在哥哥之后，家族中的长辈只希望她如公主一般快乐、可爱，她自环境中承接的压力较小、期望较低，要轻松许多，得到的认可和赞美，自然也更多。

但这就意味着，妹妹以后一定会比哥哥更自信吗？

其实未必。

只能说，他们天生面对的课题是不同的。

承受压力更多的人，要学习的是如何稳定地接纳自我。

承受压力更小的人，要学习的是敢于追求更宏大的目标。

这两者没有难易之分，只是功课不同而已，各有各需要承受和学习的。

人的生命是不断成长的，而非一成不变的。原生家庭、成长环境当然会有巨大的影响力，但究其本源，还是要明白：我到底是什么样的一颗种子？

你是什么种子，就应该去开什么样的花朵。

不同的种子，自然有不同的培育方法，找到适合你的那一种，坚定地给予自己爱和信任，自信就能随着时光去生长，结出最好的果子。

最好的园丁，从来不是技艺最高超的那个，而是最能耐得住性子的那个。不会因晴天而懒惰，也不会因为雨天而哭泣，日日在此，时时相伴，不要给予太多，亦不会放任不顾。

对内心自我的陪伴，应该也是这样的状态，刚刚好，别期待太多，也别压制得太多，给它一点空间和时间。

不要让那光芒如风中烛火般摇摆不定，而是耐心地等待那光芒，日复一日，逐渐发亮，这是能给予此生的一种丰盛和圆满。

◎ **渴求自己吧，这就是道路。**

——荣格

为什么陌生场合，你总觉得不自信？

1

在生活中，我发现有一个有趣的现象：在陌生的社交场合，你会遇到这样一些人，她们有自己独特的品位；专业领域内也有知名度；偶尔发表一些观点，都很有见地。但她们却不太说话，姿态高冷。

这样的表现，让大部分人都会认为她们很高傲、很自信。

但当我和她们成为好朋友之后，她们却说出自己的肺腑之言："其实我害怕社交，我在社交场合没有自信，我认为自己不擅长跟陌生人打交道。"

听到后，我自然是惊讶的。我说："我觉得你太高冷，都不好意思跟你多说话。"

她们也笑着说："你以为，你比我们好多少吗？还不是一张冰块脸。"

原来，她们并不是真的高冷，而是在陌生人很多的场合，不知该如何表达自己。

当人们去到陌生的场合，或者遇到平时不太深交的人时，内在的自信都容易被动摇。

长得好看的女朋友，却总认为自己学历不够高，遇到海归或者名校毕业的朋友，就会瞬间没了自信。而且总怕言多必失，会被对方看出自己读书不够多。

有的朋友在小的熟人圈子里异常活跃，说话时神采飞扬。但到了人多的场合，她瞬间就成了躲在一边冷眼旁观的人。

这其实是大部分人的常态。

日常生活中，我们的自信很容易就像坐过山车一样，有时候认为自己还不错，有时候又觉得自己很糟糕。

原因是——我们对于自己，没有一个相对稳定的评价系统。

这个打分系统每一天都在清零。甚至有时候，上一分钟你认为自己还有八十分，下一分钟，就立即跌落到了六十分。因为环境总是会变的。即便你不出门，你也会看手机、看电视、看微信朋友圈，当周末的你一脸邋遢地坐在沙发上，翻到朋友们妆容精致地喝下午茶的照片，那一刻，你的自信可能瞬间就受到了打击。

无论你是谁，你都会遇到比你更优秀、更美、更有学问、更专业、更有钱的人。

如果我们的自信是依赖于环境，是靠和他人对比而产生的，那么，你内在一定会时常认为：其实，我是一个不太自信的人。

2

人很容易与别人比较，陷入对自己"终结式"的评分体系——我不如她，我没有她好，为什么我无法做到像她那样。所以，我不够好，我不够美，我情商低，我不行。

事实上，这是一个对自己不公平、不公正的判断。

因为人是一个复杂的体系，包含了外在颜值、内在深度、行为、语言表达、知识、专业能力、社交能力、品德等，这是一个极其丰富而又庞杂的系统。如果你总是用自己不擅长的部分，和他人擅长的部分去竞赛，就是完全忽略了自己身上的其他部分。

可是，没有人是完美的啊。

在生而为人的这个层面，没有人可以自信地说，我在所有方面都是完美的，都是最好的。

有一个我们必须接受的事实就是——任何人，都不可能二十四小时保持自信。再美的美人，都会迟暮，二十几岁时对容颜的自信，四十岁时你还能拥有吗？学生时代的学霸，进入社会后，也会受到无数的暴击，因为生存，完全是另一套要求。看起来长袖善舞的人，往往比习惯孤独的人，更难忍受一个人的寂寞，更害怕他人的离开。

每个人内在的自信，都是难以恒定的，都是摇摆不定、上下起伏的。

有的人对事业有自信，而对爱情的自信却是负分；有的人对自己的德行很有自信，却对处理冲突的自信负分；有的人对外在很有自信，内在却拧巴、纠结、缺乏安全感。

在自信这个维度，人和人最大的区别是，有的人很快就能恢复到正常评分中，而有的人一次次跌落到谷底，很难再站起。

所以，提升自信力，并不是说我要成为一个完美的人，我要在各方面都碾压他人，我必须要超越过去，我才可以更自信。

而是，即便什么都没有改变，但我学会了让自己的内在更自信。

3

让内在更自信，并不像我们认为的那样困难和复杂。

你需要学习的最重要的一件事就是，当外在环境发生改变时，能从正念的角度进行解读。比如，很多人在陌生人面前时，会立即进入自己习惯的“舒适区”：

1. 比较我和他人之间的差距，然后快速陷入“自我否定”之中；

2. 捕捉他人面部表情，担心他人看出你内在的缺陷。

当这个模式自动发生之后，我们是很难让自己在一个“自信”的气场中的。而如果我们能用这样的正念解读：

“此刻我有一点紧张，这是正常的，我想其他人看到陌生的我，也会有点不自在。”

“在陌生场合、在陌生人面前，我更喜欢先观察他人。”

“遇到比我更优秀、更专业的人，我更愿意选择倾听，对他们表达欣赏。”

当你用这样的方式去解读环境和行为时，你反而会感受到更舒适、自在，并不会立即进入自我否定、自我防御。

甚至，你会忘记了去比较、否定，而是能更中立地看待自己和他人。

当然，内心强大的人不仅会正念解读，还会自信地表达出来。

某次我作为嘉宾去参加一个品牌活动。现场有媒体记者、品牌方、代言人，在我隔壁的另一位嘉宾，突然笑着跟我说：“我很少来这样的场合，感觉有点紧张，不太适应。”

当她这么表达的时候，我感觉内心也松了口气，立马笑着回应她说：“是啊，我也不太适应，但还是要假装很镇定地坐在这里。”

我们相视一笑。在那一刻，我马上感觉到自己的内心，回到了相对稳定、平和的状态，不再有各种担忧。

我很喜欢的一本书《演讲的力量》中说，想要解除观众对你的武装，你得展示你的脆弱，比如你可以自嘲。你可以向大家说你很紧张，观众不会鄙视你，反而会为你加油打气。而那些一开场就不断地讲自己有多厉害、多成功的人，往往会引发观众的厌恶和反感。

我们总以为那些在社交场合侃侃而谈的人，就是自信的人。但事实上，如果言之无物，却总想通过言语和动作来让其他人关注自己，这并非真正的自信。

真正的内在自信，是在陌生的场合，也能以自己舒服、自在的状态去表现；是接纳自己，我并不需要总是拿自己的缺点和他人的优点比较；是能够坦然说出自己不够好的地方——这反而会让你与他人建立更深的联结。

◎　只有满怀自信的人，能在任何地方都怀有自信，沉浸在生活中，并认识自己的意志。

——高尔基

为什么你不敢选择比你更优秀的伴侣？

很多人都问过我一个同样的问题：为什么我身边一些很漂亮的女孩子选的恋爱对象都不如自己呢？

这个问题其实并不分男女。

很多条件优秀的男性在选择对象的时候，也更偏爱选择那些需要他们、依赖他们的人，而不是那些可以独当一面的女孩。

相反的是，很多并不属于特别美、特别优秀的女性，却很喜欢去“高攀”，倾向于选择比自己优秀很多的男性。久而久之，她们不仅只是喜欢，而是变成了一种习惯，眼里只有条件优异的男性。

我身边就有很多这样的案例。

像女明星一样美的朋友，围绕在她身边的，都是其貌不扬却敢死缠烂打，绝不轻易退缩的男人。起初她对他们并没有感觉，可当这个人坚持追求一两年之后，她竟然认为——这个人，能顶住她的冰山脸，如此坚韧不拔，对她一定是真爱。

而另外一个不够美的朋友，围绕在她身边的，都是身价高、头脑极其聪明的富一代们。她在其中如鱼得水，自己的事业也蒸蒸日上。不仅如此，她对行业动态也是了如指掌，成了我们朋友中的智多星、智囊团。

从一般人的认知来说，容貌是女人最重要的自信来源之一。似乎女人的感情，也应该跟她的容貌匹配。

但事实上，决定女人恋爱自信度的，不是容貌，而是她们的原生家庭。

1

容貌姣好、家境殷实的女孩，从小在家里孩子中长得最美，深得爷爷奶奶的宠爱，父母对她也没有很高的期望。家人觉得反正女孩子迟早是要嫁人的。所以，她习惯了被动的爱。

“我只需要等着别人来给予爱，就可以了。”

而另一个容貌普通的，从小被长得更美的姐姐碾压，早早在竞争关系里懂得了——想要什么，都是必须要争取的。所以，她习惯了主动地追求。

“如果我不主动，是没有人能看见我有多好的。”

习惯了被动的人，主动对她们来说，实在是太可怕了。连主动跟他人发一条微信，都要鼓足勇气。万一被拒绝了呢？如果别人没有及时回复，更是要在脑子里假设无数剧情。而习惯主动的人呢，虽然遭遇过无数次的挫败，却也尝到过很多次主动的甜头和好处。于是，主动就变成了一份，虽然有风险，但却可能有高回报的投资。

人的思维模式一旦在原生家庭中固定下来，成年后，他们就会延续这样的模式。

举这两个例子，并不是为了说明，所有人都要去做后者，做前者就一定是失败的。而是想说，大多数人也许并未看到，到底是什么在控制着我们的选择？于是很容易解释成“我很慢热”“我没有安全感”“我一定需要长时间的陪伴”才可以进入一段感情。

在这样的限制中是很难改变自己的，从而错过了很多本来可以更幸福的机会。更糟糕的是，他们最终选择一个人的原因，只是因为习惯了他的存在，而不是出于了解、欣赏和爱。

在行为结果上，习惯被动的人很难去做出自己真正喜欢的选择，而是选择她们以为的“低风险”选择。

可一旦与这个追求者确立关系后，对方就不再那么用心、妥协、付出，她们就很容易陷入自我怀疑，认为对方不再那么爱她，失去对自己的信心。

追到之前是冷若冰霜的女神，追到之后变成了玻璃心的林黛玉——这样的反差，不但不能让对方更加爱她们，反而开始看低她们。

当这样的选择一次次重复之后，人很容易悲观：为什么就遇不到一个人真心对我的人？不是他们先追求我吗，为什么都会变成这样？是人性本恶吗？是爱情本身就不值得相信吗？

要改变这个模式，一定要在自己的意识源头去看清自己的信念。

2

很多人都有这样一个信念：能接受我的坏脾气，无底线包容我的人，一定是真爱。这样的人才能给我安全感。

换句话说，有这样信念的人成年后，还想继续给自己找一个爹妈。他们的伴侣要像他们的爹妈那样，无条件地爱他们、包容他们。至于这个人本质上如何、能力如何，是否能和他们在精神上匹配，都不是考虑的第一要素。往往是在真正相处之后，他们才看清这个人的真面目。

这个信念从本质上来说，就是一个不可能实现的目标。

因为没有任何一个人，可以成为你的父母，不管他多么爱你，你们都是没有血缘关系的成年人。

人性，有一个基础的常识：人们可能会为了一个目标暂时隐忍付出，隐藏自己的真实面目，但迟早有一天，真面目都是会呈现出来的。

我曾经跟这个朋友说："只有自尊水平比较低的人，才能做到不惧挫败、放低自己。真正自尊水平高的人是无法接受一再被拒绝的。他们不会因为喜欢一个人，就一直放低自己。"

她仔细回忆了一下人生中的那些经历，叹了口气说："是的，有很多被拒绝过就再也没出现的人，后来成了别人的好伴侣。"

人生真正的匹配，是你内在真正想要什么，就会得到什么。

你想要一个能放低自尊的人，就很难得到一个自尊、自重的人。你不想长大，就真的会一直在内心扮演一个小女孩。

除非你能看清，并且愿意放弃，努力走向新生。

3

感情中，真正的自信来自不要去打一个所谓的安全牌。因为感情里，真的没有"安全"可言。

任何人都有可能离开你，无论他们当初是多么地爱你。所有的誓言，并没有一个长长久久的保质期。

即便他不会变，你也可能会变；即便他依然愿意放低自己，你却可能迟早有一天会厌烦这样的不对等；即便你知道，这个人不会主动放弃你，你却不愿意再继续下去，因为这段感情无法滋养你。

如果你内在还有追求爱的小火苗，强迫自己去做一个安全的选择，那么大概率会抱憾终生。

小时候，我们都喜欢玩一个游戏——捉迷藏。每一个小孩在玩这个游戏的时候，都会有一种矛盾的心态——既希望不要太快被找到，又害怕对方找不到自己。

感情亦如此，完全没有一点挑战，会感觉索然无味；挑战过大，又太过恐惧。

习惯被动接受人生的人，想要立即变成一个主动选择的人，很难。但我们有另一个更适合的选择，那就是：不要只考虑未知的风险，而是更多地看到未来的期望。

势均力敌的爱情，才会走得更长久，才能跳得出优雅的双人舞。与其说，是我们在选择伴侣，不如说，我们通过选择这个人，来选择未来的自己、未来的生活。

敢于选择优秀的伴侣，不是源于盲目的“高攀”，而是来自你对未来的自己、未来的生活有信心和底气。看到对方时，你看到的是更好的自己，而不是可以少吃生活的苦、拒绝长大。

当我们怀着这样的“自信”去选择爱情，无论结局如何，都不会后悔的。因为即使最后没有在一起，你也得到了一个更好的自己。

这样的结局，千金不换，才是爱情最好的馈赠。

◎ 我宁愿靠自己的力量打开我的前途，而不愿求有力者的垂青。

——雨果

为什么你不敢拒绝别人?

多年前，我的一位朋友特别苦恼地问我，我看你行程也很忙啊，可是为什么你既能做那么多工作，还有时间旅行、看电影、喝下午茶呢?

我很真切地告诉她：并不是我有多么厉害的时间管理能力，据我观察，你的大部分时间都给了别人，而我总是会给自己预留更多时间。

跟她交往多年，我发现，她经常为别人的事跑前跑后。每当别人说：你一定要来啊，没有你不行。她就会宁愿牺牲掉自己的事，也要赶去赴约。有时候，一天要赶两三个场子。

看起来，这只是一个时间安排问题，但人生中很多思维和信念，恰恰隐藏在这些安排里。

你的时间给了谁，你的钱花在哪里，才是生命的真实。

把时间给了其他人，看起来是热心肠，但实际上，很多时候是害怕拒绝会伤害他人，更害怕拒绝会导致别人不喜欢自己。然后就陷入了一个令人疲惫的人情怪圈里，答应了朋友A，就更不能再拒绝朋友B、C，不然B和C就会不高兴了。于是，自己的时间和精力，就这样一点一点被瓜分完了。

但做完了这些之后，还会有另一个后遗症。当自己需要朋友的时候，A可能恰好有事，B说自己出差了，C说自己忙得焦头烂额。那一刻，她感到自己似乎是不重要的，陷入了深深的自我否定。

看起来，这些并不是人生中多么重要的决定，但却会切切实实地产生很多负面情绪，影响着我们对自我的评定。

在中国这样的人情社会里，难免有很多需要朋友捧场、帮忙的时刻。礼尚往来，是一种美德。

可很多人却因此过度影响到自己的生活和情绪，这是因为他们缺乏“拒绝的能力”，更是因为缺乏“自信的能力”。

不敢拒绝的背后，是内心总是把别人的位置，放得高过于自己。

当你觉得别人都比你高，别人的事比自己的更重要，你的自我价值感当然就很低。

但如果看得再深一点，会看到那是因为你对自我的评定，往往也来自其他人如何看你。

当别人表示欣赏你、看重你、有求于你的时候，你才能感觉到自信；当别人表示失望、难过、拒绝你的时候，就会开始自我否定、自我攻击。

所以就会忍不住去满足对方的需求、答应对方的要求，这样才能感觉到——我是被需要的，我是重要的，我是有价值的。

可是，这样的自信，是多么脆弱易碎啊。

真正的自信是，即便我无法满足你的要求，但我也是有价值的。

因为我的价值，不是来满足你的。即便拒绝你，我也是有价值的。

如果拒绝做不到的事情，就破坏了关系，那说明他只是需要你，并不是真的喜欢你。

不敢拒绝，还会吸引来很多糟糕的亲密关系。

我遇见过很多的女性朋友，都不敢拒绝男朋友的要求。比如，我的一位女读者，男朋友不准她晚上出去社交，不准她跟同事私下来往，不准穿那些凸显身材曲线的服装。

但是，她完全不觉得这些要求不合理，反而当作是男友爱自己的表现。

这些要求，一度让她觉得自己很重要，很有安全感。她为此不再跟朋友们来往，放弃了很多晋升机会，因为男朋友会因此不高兴。

这样的关系，走到后面，毫无幸福感，她感觉自己完全跟坐监一样，毫无人身自由。对方也并没有因此感到满意和幸福，而是变本加厉，丝毫不认为这是她的付出。

这样的感情，无一例外，最后都是非常痛苦的。她花费了很久的时间，才摆脱掉这样的关系。之后，又花了很长的时间去平复创伤，才敢去相信下一段感情。

在一段关系里，如果不敢拒绝，也就意味着你放弃了自我的主权。你选择了任由另一个人以他自己的喜怒哀乐，来决定你该如何活。

如果对方的爱，就是让你不能说“不”，这一定不是爱，这只是控制和占有欲。

人和人的关系，只有彼此都能说“不”，才是成熟的。因为这才意味着，关系里有充分的尊重、信任、体谅。两个人才能彼此滋养，长久相爱。

现实中，敢于拒绝的人，不仅不会被讨厌，常常还是很多人羡慕的对象。人们都羡慕他们敢于说“不”，有自己的步调，可以选择自己喜欢的人和事。

但其实，这并不是一种天赋，而是一种自信的思维。

当年那个以为“被管就是幸福”的姑娘，在她最低谷的时期，问过我一个问题：为什么她的每段关系都那么糟糕？是不是她不够好？

当然不是。

就是因为她觉得自己不够好，所以才给了对方过多的权力。

她比她以为的好多了，只是她看不见。她错在，不敢活出神采奕奕的自己，以为这样是不被允许的。她错在，明明不开心、不舒服，却不敢说不，要忍到无法忍受为止。

当她意识到这些，她获得了极大的自信，有了完全不同的恋爱观，世界也变得截然不同。她才发现：原来这世上有很多愿意欣赏、尊重他人的人，只是她以前完全看不见，也不以为然。

当人看不到自己的价值，就会主动去选择“低配”的人生、“低配”的伴侣。

当人拥有更高的自我价值，以及更高的自信力，他是不会害怕“拒绝”的，当然，他也不害怕被拒绝。

所以，拥有自信力，绝不仅仅只是看起来更明亮，更重要的是，它会帮你自动过滤掉很多心智不健康的人，让你拥有更多成熟的关系，获得更多健康的爱。

你会因此感受到——我拥有更多的选择，我拥有更多说“不”的能力。

而这正是人走向“高配”人生的开始。

◎ 人们有时可以支配他们自己的命运；要是我们受制于人，那错处并不在我们的命运，而在我们自己。

——莎士比亚

拥有自信，就会拥有更多爱

我见过很多曾经在职场上风光无限的女性，她们当了妈妈之后，竟然无法出门。因为不管谁带孩子，她们都无法放心，必须二十四小时亲眼看着孩子，才能感觉安心。

有一次深夜，我接到一个电话，一个朋友竟然被家里的保姆气哭了。起因是孩子摔倒大哭，保姆说，都怪地板，我们打地板。她为这件事跟保姆争执到晚上，可老公完全无法理解她的愤怒。她不明白，为什么保姆不能按照她的要求来养育孩子。

我知道，从她有了孩子之后，就经常非常焦虑，时常感受到没有一个人帮她，没有人关心她。可事实上，她的妈妈、先生、保姆都有在帮她，但她并没有感受到爱。

她日常总在抱怨："为什么我这么累，只有我在努力想让孩子更好，他们却都要跟我作对呢？"

我问她："你是否每天都在担心，自己不是一个好妈妈呢？"

她坦诚地说："是的。我希望孩子不要经历那些错误，尤其是我曾体验过的那些痛苦。"

像她这样的妈妈，我把她们称为"教科书妈妈"。她们熟知各种科学育儿的知识，忙着给孩子做各种学习规划，不允许任何人犯错，包括她们自己。

可这种过度的焦虑，真的只是来自对孩子的担忧吗？

表面看起来是这样，在更深层的意识里，她们都有一个信念：我不够好，但如果我可以避免父母在我身上犯过的错，我的孩子就会更好。

在养育孩子的过程中，她们很少能真正体会到满足和放松。而是神经紧绷，时刻担忧着，这儿犯一点错，那儿做得不好，可能就会导致孩子的未来走向失败。

所以，每一点小小的错误都会被放大，轻易就能让她们情绪崩溃。而其他人，完全无法感同身受。

我跟那位朋友说，如果保姆教孩子打地板，孩子就会喜欢使用暴力，那这个世界不知道有多少暴力狂了。我记得，我小时候奶奶就是这样教我的呢。你把保姆对孩子的影响力看得太大了。即便是亲母女，你自己和你的妈妈，不也是截然不同的吗？

我当然知道她小时候经历过很多伤痛。但这些伤痛，并没有给她带来正向的自信，而是令她不断跟自己说：如果我没有经历过这些，我现在一定会过得更好。

如果一个妈妈在心底里不相信：我足够好，那么她很难相信——我的孩子足够好。

如果她既不相信自己，也不相信孩子，那就必然会和担忧、焦虑捆绑在一起，无法挣脱。

就像一堵墙，阻碍人去看到自己所拥有的一切。

有很多女性都很擅长付出，可以压抑自己身体的辛苦、精神的孤独，长年累月地照顾着身边的人。然而孩子长大后，并不愿意待在她们身边。而她们也早就失去了其他的爱。

这是为什么呢？为什么这样的爱，并不令人舒适？

原因很简单。因为过度担忧，就是不相信、不信任，意味着看低自己，也看低了对方。没有人喜欢被看低，尤其是对成年人来说，这种感受是非常不舒适的。

我们都讨厌被别人看不起，但有多少人意识到：身为父母，你自以为的爱、自以为的担忧，都是在看不起孩子？

生而为人，你自以为很努力，但每一天都在看不起自己。

自信，不只是简单的“我可以表现得很自信”。如何看待自己的出身、过去，这些念头无时无刻都会影响着我们。

如果你觉得：嗯，我还不错，现在的我比过去的我好多了，未来一定会更好。这会给人带来轻松和满足，会更容易信任身边的人，更轻松地拥有爱。

但如果你总在想：我太糟了，我离想要的太远了，为什么总是我犯错、倒霉？这种想法会让人不管做什么都身心俱疲，因为一直在担忧最坏的结果。

很多人的“心累”来自话还没有说出口，就开始想象：

我一定会被拒绝。

我不能提这个想法和要求，没有人会听我说话。

这件事我千万不能去尝试，万一失败了怎么办。

我总是在犯错，别人知道了一定会嘲笑我的。

这件事一旦选错了，我就再也不可能抵达成功了。

当人和这些“不自信”的思维想法每天紧紧拥抱在一起，就会变得很弱小、很脆弱、很胆怯、很无力，很难看见自己身上的天赋和能力，也拒绝了他人可能的善意和支持。

而最终的结局就是——看不到爱，也感受不到被爱。

因为他会觉得，没有人可以帮得到我，没有人理解我，没有人相信我。

我身边的“教科书妈妈们”总是自嘲：为什么我成了当初自己最看不起的那一种女人？你为什么就能一直那么“心大”呢？

我总是笑着跟她们说：因为我相信自己的孩子，一定比我更优秀。因为，我比我的父母更优秀。而你们总在觉得自己还不如别的妈妈优秀，觉得自己孩子还不如别人的孩子优秀。

相信自己，才可以获得更多的资源，与更深的爱联结。

你相信其他人会帮你，相信自己有被帮的价值，你才会拥有朋友；

你相信伴侣会更成功，相信他是为爱你而努力，你才会拥有爱情；

你相信孩子会更优秀，相信他是超越你的存在，你才会拥有亲情。

不然，我们拥有的只是关系，只是需求，只是利益，只是习惯，而非爱。

那位“教科书妈妈”现在已经可以放心地离开孩子，独自去旅行了。她像发现新大陆一般跟我分享：即便不在家，她担忧的情况也全都没有发生。孩子更独立自信了，她跟先生的关系更融洽了，连保姆都看起来顺眼可爱了。她这才发现，原来，所有人都希望她活得更轻松一点。

你看，其实她本就拥有很多爱。

◎　很少有人能够充分利用自己生命中蕴含的资源。

——理查德·伊芙琳

拥有自信，就会拥有更多选择

不知道大家现实中身边是不是都会有一个类似这样的朋友，无论你给她什么建议、什么安慰，最后都会被她一举推翻，理由都是同样的：

“有什么办法，谁让我学历不高。”

“有什么办法，谁让我有这样的父母。”

“有什么办法，我天生长得就不够美。”

与其说她们从小自卑，不如说，自卑成了所有无能为力之事的挡箭牌。当然，也成了阻挡她们感受到爱和关心的一座大山。

很多人总在埋怨爱人、父母、同事、朋友，却没有意识到，自己不管做成任何事、不管得到了任何东西，都在否定自己，深陷其中，不可自拔。

虽然已成年、结婚，甚至有了孩子，但很多人内心深处依然是那个三四岁的、深感自卑羞耻的小孩，和自己内心的伤痛紧紧拥抱在一起，不愿意分开，不愿意背叛。

夜深人静的时候，就开始和内在小孩相互依偎，互舔伤口。

当你和内在的伤痛抱得太紧，其实已经没有多少能力可以去拥抱其他人了。与其说，你对自己不够优秀而失望，不如说，迟早有一天，你会真的厌倦了那个敏感、自卑、忧伤的内在小孩，却又无能为力。

阻碍你真正成长和自信的原因，不是别人，是你自己。

人生里真正的死循环，是一个人的眼睛永远盯着一个地方，根本看不到已经拥有的一切，以及尚且健康的身体。

很多时候，世界并不如我们想象的那般令人失落和绝望。它只是你内心的投射而已。

玛丽早上没有洗头就去了办公室，然后她觉得今天所有的同事都对她态度很糟糕。

可其实呢，琳达正在烦恼客户刚刚打的电话，杰克还在昨天应酬的宿醉里，辛迪在担心家中生病的孩子。

一个人不满意自己的时候，并不相信全世界有任何人会好好爱自己，而是常常觉得全世界好像都在为难你。

一边觉得自己不配、自己不值得，一边又委屈绝望。

如果不改变，这种情况就会持续下去，不断地杀死各种关系。

如果玛丽能学会看见琳达、杰克、辛迪的情绪跟自己没有任何关系，他们其实根本没有注意到她今天是否洗过头。那么，她就不会掉到他人情绪的旋涡里，认为其他人都是在给她脸色看，而不断地找自己身上的问题。她就不会觉得今天是糟糕的一天，也不会刻意避开跟同事们的沟通，而是能有更多的选择。比如，保持着中正的内心，对他们说一句："我感觉你此刻需要调整一下状态，那么，我十分钟后再来和你沟通工作，可以吗？"

当我们不必因为对方的情绪而否定自我，在很多情况下，你就会拥有更多的选择，可以去选择更多的应对方式。

自信与不自信，并不只是单纯的状态区别，它会限制人的理解，限制人的选择能力。

我曾去过意大利旅行，在佛罗伦萨的美术馆，我第一次见到米开朗琪罗的《大卫》雕像。那真的是一尊完美的雕像，不管从哪个角度驻足欣赏，大卫都充满着力量与美。他一丝不挂，却眼神坚定。骨骼肌肉健美，体态自信，眺望着远方。

然而如此令人惊叹的大卫，它的原石却几近被放弃。

《大卫》的原石是一块高五米、重约六吨的大理石。它在几位雕塑家手中辗转，却无人知道该如何雕琢它。四十年后，它才遇见了才华横溢的年轻雕塑家米开朗琪罗，米开朗琪罗耗费三年时间，将它从笨重的大理石，变成了举世闻名的美男子大卫。

在米开朗琪罗眼中，每一块石头都是有灵魂的："雕刻家的工作仅仅是去掉石头多余的部分，把真正的形象引出来。"

生命也是一样，父母也许并没有那个智慧，能理解孩子的天赋和潜能。很多人都期待自己能遇到知音，如大理石遇到雕刻家米开朗琪罗一般，去掉原石多余部分，展露出内在的灵魂光芒。

但人的一生并没有那么多时间可以等待。与其在漫长的时光里焦灼地等待，不如自己去成为那个雕塑家。

普通的雕塑家想到的是，我想要雕什么，这块石头并不适合。而非凡的雕塑家想到的是，这块石头适合雕什么，如何展现它本身的美。

一念之差，云泥之别。

如果你执着于"为什么我不够好"，就会不断给生命增加更多限制。

如果你不断去回答“我如何才能更好”，就会让自己增加更多选择。

这就是为什么，有的人日益宽阔、敞亮，而有的人日益内缩、狭隘。

如果玛丽愿意去遇见那个更好的自己，她的选择非常简单：早起半小时，让自己带着更自信的装扮出门。好心情会令她看起来神采奕奕，她微笑着和所有同事打招呼，得到了许多的夸赞。即便工作中一样有很多问题，但她确信，自己会在忙碌中得到很多新的收获。

在我遇过的个案中，有很多是关于职场关系的案例。比如，我的一位读者M，她跟玛丽一样，苦恼自己和某些同事的关系，无法理解为什么上级会欣赏那些轻浮的人，而非勤恳的自己。

我问了M一个毫不相干的问题，那就是，你有仔细看过自己每天出门前的表情和状态吗？

她看不到的是，每一天，自己都带着悲观、沉重、压抑的情绪在面对工作，似乎自己是最辛苦的那一个人，却又总是不被欣赏和认可。

我带着她回望过去。她看到了这份压抑的来处：小时候，每当她很开心的时候，就会受到妈妈的责骂，训斥她不够认真，考试成绩这么差，居然还能在这嬉皮笑脸。

妈妈从不相信女儿是足够努力、足够认真的。只要她展现出轻松和开心，就会被视为还不够努力，对学习不够用心。

妈妈不允许她以一种轻松、满足、自信的状态活着。于是她习惯了，必须带着沉重和辛苦的状态活着。

虽然她只有二十几岁，却不苟言笑，活得跟五十几岁的妈妈一样。她不知道该如何跟同事沟通，她也惧怕领导，在这样的“不自信”中，她开始抗拒沟通，宁愿选择那些吃力却无须和他人打交道的工作。结果这令她的处境更加被动。

后来我问了她另一个问题：难道你从不好奇，为什么你讨厌的那些人得到了更多呢？这份不合理的背后答案是什么，你难道不想知道吗？

M这才意识到，对于她不了解、不理解的东西，她从来都只是去讨厌、抱怨，然后逃避。

这份“看见”，让她鼓起了勇气，第一次主动去跟上级沟通——请告诉我，我的工作有哪些可以提升的地方？我希望我的努力，能够帮助到团队更多。

这让所有人都大吃一惊。在他们眼里，过去的M一言不合就黑着脸埋头工作，总以为自己是最惨的，从来看不见自己给他人带来的困扰。而现在，她愿意敞开并且看见，其他人是可以帮助她走向更好的。

拥有自信的背后，一定是拥有更多的勇气、更多的选择。

境随心转。

修习自信力，更多的是去看见：到底是什么限制了你更自信地活在这个世界上？

这份限制不是你天生就带着的。只是因为你并不知道，我该如何活得更好。

我很喜欢维克多·弗兰克尔的一句话：“所谓人的自由，并不是指可以免于诸多条件限制的自由，而是指在面对这些条件限制时，任由决定自己存在状态的自由。”

是的，生命一定会受到很多限制。

但更自信的人，他们总会先看到——我能做些什么，让一切变得更好。

◎ 所谓人的自由，并不是指可以免于诸多条件限制的自由，而是指在面对这些条件限制时，任由决定自己存在状态的自由。

——维克多·弗兰克尔

花如果想太多，就不会绽放了

儿时，同学们下课总爱讨论一些非此即彼的问题，只能有一个正确答案。

例如，你喜欢什么季节？

想了很久，湖北的四季，都不那么讨喜。春天雨太多，夏季太暴晒，秋季太干燥，冬季又寒又湿。后来人人都回答了，我只好回答夏天，毕竟暑假可以宅在家，拿勺子挖半个西瓜，虚度一个下午。

长大后，去过了很多地方，见过了很多风景，我才知道，四季皆有它的美丽。

不过是我们小时候，见过的世界太小。

再比如，你喜欢女一号还是女二号？

小时候为了喜欢紫薇还是小燕子，课间十分钟都能争个不休。

对比很多昙花一现的女演员，能红到如今的演员，都扛住了无数的挫败。从无比被动的演员，走向掌握生杀的导演、制片，或是开拓新的事业版图，这其中的艰辛困苦，只有自己知道。

但为什么要选择这条更难的路？

原因很简单，因为做演员，永远是在演别人，而非做自己。其次，能让人一炮而红的好角色、好剧本，可遇不可求，会有无数人争抢，靠实力更靠资源。再者，每个行业都不缺乏年轻的后来者，他们更能拼、更能忍、更听话，最致命的是，性价比更高。

所以，但凡看懂了这一些，就会知道——那些成就你的标签，可能也会杀死你。你需要花更长的时间撕掉它们，然后一点点建立起新的力量，成为更高版本的自己。

去看演员的转型，会发现特别有意思。

特别美的，为了转型，要去演丑角，剃光头、增肥、扮得奇丑无比，只为证明，我不是花瓶；而不够美的，为了出头，要去演大美女，扮相服饰极致华丽，俊男们都围绕着她，女主光环加身。

人都想求自己得不到的部分。努力过，万般求，都真的得不到，才赚到一点智慧，说："能当花瓶，大家觉得我美，也是一种价值。"又或者，赚到一点幽默："因为不够美，所以特别'旺夫'，只要男主成了，戏就成了。"

每个人都有被人羡慕的部分，也有求不得的部分。没有人是完美的。

你喜欢别人的某一面，往往是你想要而得不到的那一面；你讨厌别人的那一面，往往是你无法接纳自己也有的一面。

就像自然界的植物一般。

有的花美，可是不香。

有的花小，可是极香。

清淡雅致和浓墨重彩，很难在自然界的一个事物上同时呈现。

有的花，也是一棵树，自给自足，屹立天地。

有的花，只是一根藤，无法伫立，攀缘而生。

坚毅刚直，和柔若无骨，也很难在植物的状态中同时存在。

但是人是有选择的。

可以穿得清淡雅致，也可以偶尔浓墨重彩。可以坚毅刚直，也可以柔若无骨。

人有三百六十五天，有四季，有长长的一生。你面对不同的人、不同的关系，可以有不同的方式。在不同的年龄阶段，从二十岁，走到三十、四十、五十，都可以活出不同的姿态。

人可以运用很多资源，去得其所好，甚至失败了也没关系，只是证明——这不适合我。

你还有时间，去找到更适合自己的路。

我们和花草植物相比，有更为丰盛的选择，但我们未必有它们的智慧。

选择太多，更易迷茫。于是很多人物极必反，试图活得单调、保守、无趣，这样就不必做那么多选择，不必面对那么多选择。

这是多么大的浪费。

因为不知道自己适合什么颜色，于是就整日穿黑色；因为妄自菲薄，所以拈轻避重，就不会感到挫败。

人永远有机会，去与更高版本的自己相遇。只是很多人，不敢相信，也不敢尝试。

原因很简单，因为我们有几十年的岁月。那么长的岁月，足够你去选择，做玫瑰，做芍药，做茉莉，还是做百合。

春天你播下了种子，秋天自会有该你的收成。人生很长，争一时长短的人很多，潜心蓄水的人总归是少数。

你可以在不同的年龄，去成为不同的样子。这些都是你，是不一样的你。

但很多人会对自己说：

“我只能成为这样的人，否则，我就不是我了。”

“我必须成为这样的人，否则，我就不成功了。”

这样的限制会让目标看起来更简单，但其实是让路更狭窄。因为这意味着，在这条路上，你无法接纳变化，无法接纳挫败，无法承受无果。

自信很重要的修炼，就是去接纳自己身上更多的部分，而不是只允许某个部分存在，除此之外都最好消失不见。

因为成长一定是要经历变化、转型的，这是时光对每个人最好的馈赠。你只有去拓展不同的部分，才会有更多的发光面，实现更盛大的绽放。

人生没有固定答案。

只是小时候的我们总以为，只有一个答案而已。如果回答不出那个答案，就放弃作答，随波逐流。

花如果想太多，就不会绽放了。

杀死生命的，往往不是遭遇，而是自我怀疑。

前段时间，电台节目的主持人问我：“你的感情有遗憾吗？”

我笑着说：“每一段，我都是尽全力到最后的。没有遗憾。”

这样难道没有伤害吗？

当然有。

可是，如果不尽力到最后，怎能算是爱。

又有人问过我：“你最喜欢自己写的哪本书呢？”

这个问题我真切地想过：“都喜欢，因为每一本都不完美，但都足够真实。没有最喜欢，因为下一本永远更好。”

如果为了被所有人喜欢而写一本书，那没有一本书可以被出版。

如果写的时候就知道，这本必须是最喜欢的，那恐怕这本永远写不出来。

花如果想太多，就不会绽放了。

不用学某些人的自负，但也不必妄自菲薄。

你是什么花，就开什么花。

人生短暂，所有花都会谢的。但有的人，可能这一生都没见过自己的光芒。

所有的花朵，都经历过无尽的隐忍、等待，穿越过不该自己花开的季节，熬过内心无数能否花开的怀疑时刻，才终于等到属于自己绽放的那一个瞬间。

生而为人，这一生所求的，本来就不该是——没有伤害，没有辛苦，没有眼泪。

因为，如果没有这些，你就不可能拥有智慧，不会拥有更大的能量，不会拥有更大的慈悲。

◎ 能够使我飘浮于人生的泥沼中而不致陷污的，是我的信心。

——但丁

Chapter 2

自信的三种维度

· 自信的第一维度：你和自己的关系 ·

你接纳自己的身体吗?

当生命诞生，基因决定了身体的很多特质。

头发的发质，五官大小形状，身高，身材比例，这是外在的部分。关于内在的部分，如果你有做过基因测试，你会惊奇地发现，胖瘦体质来自基因，代谢水平来自基因，对酒精、咖啡、茶的适应能力也来自基因。

我曾经做过一个基因测试，其中有一条是“改正错误”的能力。也就是说，你犯错后，是否能清晰记住这个错误，避免下次犯错，其实也与基因有关。

我们的细胞DNA，不是我们自己所能选择的，它是父系家族和母系家族的基因融合之后，创造出来的一个新的生命体。

即便出自同一对父母，不同的孩子，也会表现出截然不同的身体特质。

比如我妈妈家族四个孩子，有三个偏矮，唯有一位男性身高远远超出了他们。我两个舅舅，一位不到一米七，一位却是一米七五以上。我妈对此的解释是，因为大舅舅从小会偷懒，睡觉最多，而且抢吃的最积极，所以长得最高。

身高问题被解释成是性格和品行问题，可见妈妈觉得这点对她，是不公平的。

有许多人，会把自己的身体特质跟“不公平”相联系。为什么同样的父母，我却没有遗传到妈妈白皙的皮肤，或者爸爸的身高呢？

我的一个朋友，她本人个子很矮，身材也不苗条纤细，可她的亲姐姐却高挑又白皙。她从小都很讨厌和家庭成员一起合照，觉得自己遗传到的全部都是父母的缺点。

这成了她很大的一块心病，成人之后，她只愿意跟高个子的帅哥恋爱，为此她拼命努力工作赚钱，很早就创业成功。然而，她的感情却一直处于同样的痛苦中——她每次都选择外在条件比她好，在财力上却远远不如她的男士。

很多人也许不会去跟兄弟姐妹比较，但难免会跟身边的同事、朋友比较，甚至连街边遇见的某个陌生人，都会勾起她们的自卑。

如果真要去比较硬件指标，上天在这件事的安排上，确实是不公允的。

有些人的脸就如同被上天精心雕琢过的艺术品，而有的脸却似乎是上天漫不经心、随意分配的结果。

我爱的女明星奥黛丽·赫本，被誉为“天使在人间”，即使她已经逝去多年，她的照片、她的电影造型依然被很多人奉为经典，她就是“优雅”的代名词。

但赫本在没有成为电影明星之前，对自己的身材并不满意。当时好莱坞的主流审美代表是玛丽莲·梦露。那时，人们迷恋沙漏形的身材，认为那就是女性身材的极致魅力。

然而赫本的身材，完全像一个假小子，平胸，没有窈窕的S形曲线，她甚至觉得自己的脚太大，没有女性的柔美。

赫本说自己是“各种缺陷的混合”。

“我希望自己不那么平胸，肩膀不要那么宽，鼻子和脚不要那么大。”

“我的造型很普通，头发梳成一个圆髻，一条黑裙子，一副大黑墨镜，每个女人都能穿成这样。”

不仅她觉得自己不完美，好莱坞制片人第一次见到她，也认为她下腭太宽，下巴太短，鼻子太大，牙齿也不够好看。在拍《罗马假日》时，制片方请了伊迪丝·海德（曾获得二十次奥斯卡提名的服装设计师）设计戏服，因为要通过服装，遮盖赫本身上“有缺陷”的地方。

后来成为赫本人生挚友的纪梵希，第一次见赫本的时候其实是失望的，因为他以为自己是要帮凯瑟琳·赫本设计戏服。

赫本本来并不会有出演《蒂凡尼的早餐》的机会，因为《蒂凡尼的早餐》的作者希望梦露来出演，梦露才是他的第一选择。

但梦露拒绝了这个“交际花”的角色，所以这个角色给了赫本。

没有想到，之后穿着小黑裙，戴着珍珠项链与墨镜，驻足橱窗的赫本，却成就了影坛上的经典造型。

不得不说，赫本相当幸运。她遇到了懂她的天才设计师，把她孩子气一般的纯真公主气质放大到极致。

平直浓黑的眉毛、平胸、芭蕾舞鞋搭配九分小脚裤，这些元素因为赫本，都成了优雅的象征。

我每次看到赫本的时候，并没有觉得看到的是一个完美的形象，因为这种完美，是无数人在其背后共同打造出来的。

赫本对于自己的美，其实也用了很长的生命时光去接纳，去自洽。

可以这样说，她的美，恰恰在于她美却不自知，所以美得不令任何一个女性妒忌。

她的美，恰恰让人们发现，浮夸奢华的服饰，并不是唯一的美。S形曲线，也不是女性唯一的性感。

简洁优雅，一样可以极致美丽。直线身材，一样可以驾驭性感浪漫。

当现代的很多女孩，因为自己胸太大而无法穿上时髦着装时，那个时代的女性，却在为自己平胸瘦弱、不具有女性特质的身材苦恼。

再往前推一个世纪，女人们要束出细细蜂腰，挤出厚厚的肉弹胸，穿着又大又重的衬裙骨架，冒着无法呼吸的风险，强装优雅地行走和舞蹈。

时代的变革，对于女性最大的好处，莫过于美的标准不再千篇一律。

我们对于美的包容度越来越大，每个人都有各种选择。

假如你还在花大量的时间、精力去对抗自己的身体，这种内耗唯一的结果，就是离美丽越来越远。

千百年来，女性的美丽，之所以能缔造出无数庞大的商业王国，（从服装、香水、彩妆、珠宝到女人所需要的一切）只有一个原因——没有一个女人是完美的。

因为不完美，所以才不断地追求更美。

类似赫本的例子其实数不胜数。面容并不姣好，却成为传奇的女性，还有香奈儿、辛普森夫人等。

辛普森夫人曾说过："如果你长得不漂亮，那也没什么太大的关系，那就穿得华丽漂亮点儿，让自身成为所有人的焦点，当你走进房间发现所有人都盯着你看时，你就该知道你的丈夫将会为你自豪。"

我并不想去神话她们的爱情故事，只想去分享，她们共同的一个特质就是，终其一生，她们都在精进如何让自己看起来更优雅，而不是浪费生命去问自己：我为什么没有拥有其他人那样的美？

每当我欣赏她们的照片时，我都会忍不住感叹：她们最吸引人的地方，就是那迷人的自信仪态。珠宝华服，都不可掩盖，她们才是那一切的主人，因为她们深深知道什么样的着装可以突显自己的气质，让不完美的身材看起来优雅聪慧、有趣、不落俗套、自成风格。

所谓的风格，恰恰是因为不完美。

正因为需要修饰那些不完美，传奇的女性们掌握了一套将不完美变得更为完美的独门秘籍。而这一切的发生，在于深刻的自我了解，比任何人都更了解自己适合什么样的装扮。

人，越不接纳自己的身体，也就离美丽自信越遥远。

因为，你成为不了其他任何人，你只能成为你自己。

如果你不愿意接纳自己的身体，那这一生，你将与真正的自信无缘，你也错过了一个更美的自己。

世间其实已经有千万种可以令自己更好的方法和途径。只有你愿意，你会去看见它们，尝试它们，并且不会因为尝试失败就放弃继续尝试。

我愿意把自己喜欢的一段话，分享给所有的人。

人可以通过着装，传达这样的信息——

美得让人停止呼吸，聪慧，诙谐
充满神秘感却平易近人
性感自信，但不艳俗自负
样子可人而不会沉闷
有趣而不疯癫
理智而不会呆板
低调而不单调

世上绝大多数人的身材都是不完美的，这是一个事实。然而，美好的人有很多，这就是生命的潜力。

身为女作家，我自己也在不断地学习如何变得更美，不是因为别的，只是因为我享受这个蜕变的过程。

因为这个过程，伴随着对自我的好奇、探究、了解，这是一种选择，选择把自己当成一座宝山，用一生沉浸其中，让那些深藏其中的美丽重现世间。

越了解，越热爱。越热爱，越美好。

不要被名牌所束缚，贵的东西未必能带给你真正的自信，只有你接纳自己，才能遇见真正适合你的美好物品，并让它们帮助你去展现自己内在的魅力。

在我看来，这是生命的一种极大乐趣。

三十五岁以后，我身边所有人都说，你怎么越来越美了？并不是因为我的身材更好了，只是因为，我更接纳自我了。

而其中最直观的一个改变就是，我越来越能够直视镜中的自己，对自己微笑，去夸赞认可自己美的部分，并且不为此感觉到羞愧和做作。

因此，我开始期待四十岁、五十岁，直至年华老去的那个自己。

身体会衰老，但我希望你们与自己的这段恋爱能够日渐美好亲密，并且没有情敌。

◎ 我们某些人之所以只看到自己的缺点，是因为你下定了“不要喜欢自己”的决心。对人而言，最大的不幸就是不喜欢自己。

——阿德勒

你对自我的判断，是真实的吗？

在和很多朋友交往过程中，我发现一个特别普遍的现象，那就是所有人都对自己存在一定的误解。

比如，有一些朋友，在很多人眼里，他们非常勤奋努力，可是当他们说起自己的时候，评价竟然是：我还不够努力，我经常责怪自己偷懒。

还有一些朋友，在很多人眼里都属于长得好看的那一类，可在她们自己内心，却真的认为：我只能算五官端正，比我好看的人很多，我没有她们好看。

人很容易把某些评价挂在嘴边：我不够勤奋，我不够自律，我还不够好，我还没有百分之百努力。

但事实上，这些绝对不是真相，他们之所以对自己有这样的评价，原因很简单——这些评价，往往来自他们的成长环境。

就我自己而言，从小我妈对我最频繁的评价之一就是“你太马虎了，粗心大意”。但凡只要有考试题目，是我会做但没有做对的，她一律归到这个原因。

在人生很长的一段时间里，我一直认为，我就是一个粗心大意的人，不仅如此，我还丢三落四，很容易丢东西。这种认知都来自我妈对我的评价。

直到接触到心理学之后，我开始原谅接纳自己，特别神奇的一点是：我竟然很少再丢东西。

至于“懒”这个评价，我从小大概也听到过至少几千遍。起床不叠被子，被评价为懒。节假日早上八点还没起来，是懒。考试没考好，也是因为偷懒。

这个魔咒，直到我离开家庭，在大学过上集体宿舍生活的时候，终于被打破。因为我被寝室所有人一致评为最爱收拾、最勤快的人。

如果你想获得真实而客观的评价，请一定要相信你周围的人，不是你的家人，而是你成年后遇到的那些真的认可你、尊重你的人。他们说的一定是真诚的，即便带着一些滤镜，但也比来自原生家庭的那个评价更客观。

我们和自我的关系最糟糕的地方，正是由于我们脑子里每一天会无数次重复某些负面的自我评价，而这些慢慢会变成一些牢固的信念。

我有一个读者，她母亲对她说得最多的一句话是：你这样的性格，能找到个人嫁出去就不错了。

她千百般地不服气，可是每当她真的遇到一个想要在一起的人，她就会不断地破坏关系，因为她内在真的会认为，自己配不上对方。

久了之后，她真的开始相信：我不可能拥有美好的婚姻，我真的是一个性格很差劲的人。

事实上，她明明是一个热情又努力的人，对喜欢的人极尽付出，却又总是被自己的不自信伤害。

任何一个人，如果想要活出全新的样子，那就一定要知晓一个真相。

孩童时代的我们通过“脆弱”这一威力十足的武器支配大人们。

很多大人也试图以自己的脆弱、不幸、伤痛、不得志以及精神创伤为“武器”来控制他人，想要让他人担心、束缚他人言行、支配他人。

中国的很多父母在家庭内部对孩子极尽打击，在外面才谈优点。可是，孩子根本听不到外面的那些话啊。更糟糕的父母则是不管内外，一律挑剔和打击。

原因无他，因为父母的父母，就是这样对待他们的。他们认为，孩子的脆弱、孩子的缺点，就是这个人的本性。似乎缺点才是永恒的，而他们不断讲述这些缺点，才能找到权威感，足以压倒性地控制孩子的行为。

当然，还有一个很普遍的信念就是，很多父母相信，身为父母的职责，就是帮助孩子看到缺点、改正缺点，因为其他人并不会帮你指出来。

某一天当我妈一如既往挑剔指责我的时候，我忍不住大声对她说：“为什么我在你眼里就这么一无是处，不管家里的什么事，都是我的错？”

说完我声泪俱下，她当时愣住了，并没有意识到自己是这样想的，只是呆呆地说了一句：“我都是为你好，希望你更好。”

这就是父母的无意识，他们的潜意识并不愿意承认自己的脆弱和无能，于是孩子就成了那个“理由”，来承担他们不愿意接纳自己的部分。

期待父母改变是很难的，因为他们完全无法意识到，很多话他们说了千遍万遍，已经成了魔咒。他们并不记得自己说了有那么多遍，也并不知道，这些话会激起多么大的委屈和愤怒。

更重要的是，他们自己内在都不具备“自我认可”的能力，当然很难给予他人。

成人之后，想要获得自信，有两个步骤，是必须要完成的：

1. 和原生家庭给你的评价系统分离。

如果你的父母不自信，那么他们给你的评价一定是失真的，因为那里有对缺点的挑剔和放大。

身为父母，都有不喜欢自己的部分，而当这些出现在孩子身上时，没有智慧的父母一定会对此非常厌烦和愤怒，并且可能采取极其激烈、粗暴的方式，期望孩子来改变，而这只会带来反向效果。

比如一旦被贴上“马虎”这个标签，结果一定是，孩子变得更加马虎。不仅如此，我长大以后，对任何需要特别细致的工作，都很厌烦，想要逃避。

可事实上，我很清楚地知道，我做自己喜欢的事情时，非常认真细致，并不是大大咧咧、不注意细节的人。

如果父母对你有任何负面评价，请你起码要打个五折，这个部分可能确实是存在的，但如果他们说的是百分之百，那么真实的你，最多只有百分之五十，甚至更少，因为那多余的百分之五十是被不断的念叨强化出来的。

2. 建立合理、客观的自我评价系统。

合理、客观地去吸纳那些真实的认可、欣赏、尊重、爱，把他们真的变为你自我评价的重要部分。

大部分人即便已经获得过很多外界的认可，为什么却还会被父母的一句否定击溃？

因为，在他们的内心深处，还是有一个声音告诉自己：他们说的可能是对的。

在很长久的时光里，你或许一直在跟父母的某一个评价对抗，你不想承认那是真的，于是你拼命努力地想要摆脱。可有多少人真的会给自己重写一个全新的自我评价呢？

不是灵魂跟不上脚步，而是我们没有真正去拥抱自己全新的灵魂。时光不仅让你变老了，它其实还赋予了你很多新的品质。你原来害怕的，现在已经不怕了；原来觉得异常艰难的，现在已经没有那么难了。

你还记得十几岁的时候，你是如何惧怕过同学的一个嘲讽，或者老师的一个否定吗？

现在可能你依然会为此感到难过，但你并不会停下自己的脚步，因为你知道，很多人会随着时光流逝被抛到脑后。

当你努力地往前奔跑，很多人都会被你甩到身后，父母也一样。

只是他们总用一种“我最了解你”的自信来和你对话，以至于你太容易就穿越回过去的痛苦中。

事实上，父母当然了解你，但他们也极其容易小看自己的孩子，因为他们对你的认知还停留在孩童时代。

在我们成年之后，所发生的大部分事情，父母无从知晓，甚至我们最亲近的人也并不得知那些细节。

唯一真正了解一切的人，是你自己。

这也是为什么，自己是最了解自己缺点的人。

然而，你未必是那个最懂自己优点和勇气的人。

在任何你需要的时候，怀抱着对他人的欣赏，重新审视下自己，才是对自己最公平的待遇。

◎ 当我们重新审视自己真正想要什么，我们认识到人生中发生的每一件事——每一个不幸，每一点怠慢，每一项损失，以及每一次开心，每一次惊奇，每一件高兴事——都是一位老师，而人生就像一所巨大的学校。

——阿丽安娜·赫芬顿

重新认知你的天赋

如何理解天赋?

说到天赋，很多人会认为，天赋似乎一定要是某项特定的技能、专长，是天赋异禀，是一个人天生的天资，是异于普通人的特长、能力。比如三岁就能画画，四岁就会弹钢琴，八岁就能当作家，好像必须得是无师自通的精通，才能称之为天赋。

但事实上，这些一切的天赋不过是外在的技能显现。人真正的、最大的天赋，就是我们的身体。

阅读历史，你会发现古人特别热衷于描述的不寻常之人，通常就是在身体上异于常人的人。《三国演义》描述刘备“身长七尺五寸，双耳垂肩，双手过膝，目能自顾其耳”。也就是说他双手垂下来超过膝盖，眼睛能看到自己的耳朵。我们先不去考证这些是否有可能性，但比普通人手长、耳朵大是极可能的。

身体的不同，确实决定了人先天就在很多能力上有所不同。

很多人会笃信所谓的面相学。比如，曾国藩选任部下，都会看其面相，观其眼睛、鼻子、手，以及精气神。他认为忠诚正直、堪当大任的人，眼睛静态时，目光沉稳，炯炯有神，蕴含真情，宛如两颗晶亮的明珠，含而不露；双眼流盼时，眸光闪烁，敏锐犀利，锋芒外露，宛如瞄准目标一发中的。

这似乎是一种玄学。

但其实每一个人，我们的五官就代表了非常重要的五种天赋，分别是——观、闻、听、说、感。

“观”就是眼睛、视觉，是一个人观察的能力。比如天生有画画天赋的人，他们对事物的观察力一定非常仔细和敏锐，而且他们看的角度、观感，一定与常人不同。你能看见什么，你才能画出什么。同样的视觉天赋，还会决定人的设计、审美、造型等等。

作为文字工作者，我觉得自己并不是在写作上天赋过人的那一类，如果说有什么是天生的能力，那就是我从小看书就很快，一目可以看好几行，也能很快理解其意思。所以，阅读对我来说，就是很愉快的一件事。

“闻”就是鼻子、嗅觉，是一个人对气味的敏锐。很多人天生对气味有着超强的敏锐能力，看过电影《香水》的人，应该会对“香味”有着全新的理解。格雷诺耶出生在巴黎最肮脏、最恶臭不堪的地方：鱼市场。但他天生对气味有着惊人的天赋：无论恶臭还是芳香，他都能记住，并能轻易分辨各种气味。之后，他成了最厉害的调香师。

除了调香师，一个厨师，如果没有一个很灵巧的鼻子，和敏锐的味觉，不可能成为优秀的大厨。一个调酒师，如果没有对酒香的敏锐，很难掌握到真正的调酒精髓。

万事万物皆有其香味，美食、花朵、红酒、海洋、泥土，都有其不一样的味道。人也一样，每个人天然的气味都不同。所以关于爱情有一种说法，当你毫无理由地爱一个人，很可能爱的就是他身上的荷尔蒙气息。

我听过一个真实的故事。一个男人无可救药地爱上了一个女孩，并与其结婚。但婚后不久，他突然发现，之前的某些感觉突然消失不见。人还是那个人，区别只是，那个女孩换了另一种香水。

很多人也许会认为，香气不如视觉那么直观。但事实上，不同场域、不同人身上的气味，对人的情绪、直觉、生理都会产生极大的影响。

只是我们对于视觉、听觉的使用更加频繁，反而忽略了嗅觉的强大能量。

“听”，就是耳朵、听觉，一个人对声音的感受力。人的声音里，其实包含着很多的信息。你也许会有这样的体验，即使不见到这个人，你也能通过声音感受他当下的情绪、状态，以及他语言背后隐藏的某些信息。

对音乐特别有天赋的人，他们对声音有着极强的感受力，甚至听过一遍，就能记住这段旋律。难以描述，这些到底是怎么做到的，但可能这就像有些人，吃过一道菜，就能吃出它是怎么做的。

声音有人类后天创造的部分，比如乐器。也有自然界本身就有的部分，鸣虫、风、河流、空气、树林、海浪，都有不同的声音和频率。

如果我们能静心听一个人说话，我们听到的一定不只是语言本身，而是这个人此刻内心的声音。这就是倾听的天赋。

语言可能会隐藏、包装、掩饰、欺骗，但声音是真实的，是伴随着气息和内在的。

孩子不用看，就会知道此刻开门进来的是家里的谁。孩子永远能第一时间辨识到妈妈的声音，有一次我只是轻微咳嗽了一下，我孩子就马上大声喊：“妈妈，你回来了。”

当我们听到某些音乐的时候，可能听不懂歌词，但也会为此潸然泪下。音乐的无国界，证明声音令人类情绪产生的共鸣是超越种族和文化的。

“感”，就是我们的感受力、直觉力。

很多时候，我们遇到一些人，可能就会立马感觉到不太舒服，那种身心很直接的难受。去到某一些场合，直觉力很强的人，可能就会发出一些信号，觉得那里并不安全。

电影和小说里武林高手们踏进一个房间，就能感觉到杀气，甚至不用交手，就能感受到对方的气场，判断出彼此武功的高下。

听起来有一些玄妙。但现实中，我们常说气质、气场，这种无法用理智、逻辑感受到的东西，可能也很难用言语描述，但那就是真真切切、实实在在可以感受到的一种具象能量场。

人的身体其实蕴藏着极其强大的能力，其中一个能力就是直觉力。当我们越擅长、越自信地去运用直觉，很多时候反而能做出最正确的决断。

苹果的创始人乔布斯说：“相信你的直觉，它比思维更强大，当你内心足够宁静，你会看到一个更广阔的世界，甚至看到之前看不到的东西。”

苹果的CEO库克说：“人生很多时候，依靠直觉更合适。有意思的是，我发现，在做最重要决定的时候，直觉起着至关重要的作用。”

我现在也开始越来越相信直觉的选择，因为那一定是出自本心，只有这样的选择，你才能坚持，无论任何结果，才能接纳。

相反，很多时候，我们以为理性的选择，事后看来常常是一种将就和妥协，那其实出自对当下的不自信，对自我能力的不自信。

有人可能要问，为什么要去重新解释，什么叫天赋？

因为太多人以为天赋，是某一种技术、技巧、技能。

但其实所有的技巧，不过都是外显的部分，真正的天赋，它的根基就是我们的身体，我们的心，我们的直觉。后天所有习得，不过都是建立在此基础之上的。

所以，不要只是以好看或者不好看，美或者丑去评判我们的身体。

现代的早教教育开始推崇蒙特梭利，其本质就是希望孩童生活在一个可以最大限度自由活动的环境，在幼儿期，就能充分地探索、拓展内在的能力。

尤其在孩子的两岁到四岁是对色、声、触觉等感觉的敏感期。这些感觉能力如果得到最有效的锻炼，将焕发出强大的生命能量；忽视了敏感期的训练，就会造成难以弥补的损失。

事实上，很多的成年人因为在孩童时期缺乏自由的环境，而逐渐丧失了与生俱来的某些能力。

比如，很多女性跟我说，无法自如地跟他人进行身体接触，不管是拥抱还是更亲密的举动，都会让她们感觉到很陌生。原来，在她们的原生家庭里，父母双方也很少进行身体的亲密接触，父母跟子女的身体关系也很疏离。

人的身体是需要亲密来滋养的，婴儿期的孩子最需要的是拥抱，那就是爱和安全感。

缺乏被爱滋养的身体，就会很容易僵硬和紧张，连带身体姿态也很难舒展和自信。

还有一种很常见的案例就是，有很多人其实会习惯性屏蔽他人讲话。一种情况是，把自己当成世界的中心，沉浸在自我的表达中，只想获得自我的满足。另一种情况是，孩子们在父母的唠叨中，学会了屏蔽不想听的声音。

这两种都会导致倾听和共情能力的缺乏，以至于他们并不能跟人真正达成深度的沟通，也不会真正去享受沟通这件事。

还有一种看的能力，在于无法自由选择所看的东西，也没有机会接触美学教育，导致缺乏对细节的观察、审美力。

我们常常无法理解，为什么有的人可以着装如此不体面，这其实源自他们根本不关注美或者不美，这种看的能力，已经被视为“完全不重要”。

当我们看不到，自然就无从判断、无从改变。

看的能力越强，就能看到更多的细节，通过眼睛掌握到更多的信息和素材。反之，则一叶障目，熟视无睹。

当我们成人后，重新去找寻自我，重新去看自我的天赋时，一种方式是去关注自我可以沉浸的能力和领域，那就是你的热情和天赋所在。

我有一个闺蜜，她大学学的是金融，毕业后从事的也是相关工作。但有一天，她爱上了摄影，很快她就成了一名摄影师。很多人觉得这是一个传奇，但我发现，她就是一个视觉型的人，她连所有密码都是按图形记忆的，而不是数字记忆。

这种视觉还体现在她对光影特别敏锐，有着自己极其独到的审美见解，而且她非常留心收集视觉类的各种信息和素材，能够把视觉画面都变成自我意识的表达。

这就是与生俱来的一种天赋。我问过她，为什么对视觉艺术有这么强的感受力？她说，大概因为姥爷是开电影院的，她从小是在电影院长大的。

另一种寻找天赋的方式，是去回想在你生命的成长过程中，有哪些是你不被允许自由使用的能力。

对我来说，说话和表达就是不被允许自由使用的一种能力。在我青春的记忆中，有大量的时间我是被关在家里的，既不被允许去跟同龄孩子玩，也没有人认真听我说话。

我一直以为自己是一个不擅长表达的人。可直到我成年之后，我才意识到，说话是一种可以练习的能力，我并不是一个天生不善言辞、讨厌说话的人。

从一个惧怕表达的人，到现在喜欢表达，我花了十几年的时间。但我很庆幸的是，我接触了心理学，选择将自己作为知行合一的试验对象，于是我重新认知了我自己，收获到了关于说话的信心。

假如我们愿意重新去探究自我的天赋，那我们就选择了“重新爱上自己”，这是一种活着的状态，是不被原生家庭限制的状态。

这意味着新的可能性、新的选择以及新的自由。

而自信，一定会在这个过程中伴随而来。

◎ 一磅铁只值几文钱，可是经过锤炼就可制成几千根钟表发条，价值累万。同样，你也要好好利用天赋给予你的“一磅铁”。

——舒曼

你如何看待自己？关于生命的那些信念

心理学逐渐开始流行之后，原生家庭成为一个被普及的概念。似乎提及我为什么会成为今天的样子，就会归因到——父母给我造成的某些伤痛。

随着时间的流逝，有些伤痛会淡化，有些伤痛却依旧纠缠不休，并且继续制造着新的伤痛。

当午夜降临时，这些伤痛历历在目，当情绪低落时，人不免就会有很多悲观失望的想法：

我再也不会爱了

我不可能过上想要的生活了

我的人生只会更差，不会好起来了

为什么受伤的总是我

为什么我永远是被牺牲的那一个

为什么我又犯了同样的错

永远没有人能理解我……

诸如此类。

当人被这些想法纠缠的时候，所有道理都变得虚无，似乎能量也被拉扯着不断往下坠落，失去了勇气和力量。

假如你有觉察，你会发现，所有当下之事，不过都是一个“钩子”。真正伤害你的，并不是这件事，而是它引发了你对自我价值的否定，以及对人生的否定。

开启自信，最重要的一件事就是，去看见成人之后，你的价值到底该由谁来判定？

小时候，判定的人是父母，是养育你的人。如果他们说，男孩比女孩更重要，于是你信以为真，认为女孩不重要，女孩注定就是被牺牲的。

入学了，判定的人，又多了老师。老师说，你这样下去注定没有出息，如果你信以为真，那么这句话就会变成一个诅咒，每当你遭遇挫败，这句话就会浮现在你脑海里。

再之后，或许是你爱的人、你的上司、你的朋友，你认为重要的那些人。

小时候，你没有能力离开父母独自生活，你也没有权利选择换一个老师。但成人之后，最大的不同就是——你有了选择的权利。

可是有多少人意识到，我跟周围所有的人是平等的呢？我是有选择权利的呢？

深受婆媳关系困扰的读者跟我说，每当看到婆婆瞧不起的眼神，她就会很愤怒，可是她又会对她的要求妥协，于是更愤怒。

我问她：“仔细想一想，你小时候跟父母的关系，是不是也这样呢？”

她才意识到，这一切不过都是在延续孩童时期的模式。

她依旧把那个情绪的遥控器，放在别人手里。小时候是父母，长大了是婆婆，一边愤怒，一边妥协，她却从没有想过，原来我是可以拒绝的。

然而每当这样的事发生一次，她就会懊恼自己太卑微、不够勇敢。最后，她跟老公大吵一架，家庭关系日益恶劣，孩子在这样的环境中也慢慢变得胆小懦弱。

停止这一切的方法，绝不是变成一个比婆婆更强势的人，而是把“自我价值”的遥控器拿回来，握回到自己手中。

当他人无法用情绪控制你时，你就获得了更多的勇气和自信。

然后，你就会知道：他们并没有权利瞧不起你，他们不是上帝。你的妥协，也并不会让他们更加瞧得起你。因为人都只会尊重内心有边界、内在有力量、不会轻易认输的人。

我们常常把评判自我的遥控器和那份权利轻易地就给了别人，甚至是一个完全不认识的陌生人。

有一次，一个朋友出门时在电梯遇到陌生人对她出言不逊，她说：“我竟然为了这件事，生气了一天！”

让我们生气的也许是街头的陌生人，也许是餐厅的服务员，也许是店铺的导购，当我们不被尊重的时候，那个“钩子”钩出来的愤怒，源自你小的时候已经被种下的一个信念：我不重要，其他人比我更重要。

孩童都希望自己是世界的中心，而那个世界就是从小生长的那个环境。从婴孩时期开始，每一个孩子都期待自己是父母的中心，所求都能得到回应，所需都能被满足。

然而父母不是完美的，他们都只是普通人，可能缺爱、缺钱、缺自信，甚至有严重的情感障碍，他们并不知道怎么样才能给予孩子更完整的爱。

更糟糕的是，他们不太懂得分离，太容易把自己生命的悲剧倾倒在家庭之中，而孩子就会接收到这个信号：我父母的悲剧，与我有关。

这是另一个更沉重的负面信念。

如果你深深地相信这一点，那么你就会把自己的人生放到祭台上，想要努力拯救他们的命运，不再关心自己的快乐和满足。

在这些沉重悲痛的负面信念之外，还会有很多很多小的信念缠绕其中。

比如我小的时候，我妈跟我说得最多的一句话就是：“好看有什么用，成绩好才有用。”

从上小学三年级到大学之前，我没有再穿过裙子。直到大学之后，我才敢去追求美。可是，花了十几年的时间，我才真正能够接受我是好看的。

女孩子对容貌的自信，往往跟她天生长什么样无关，而是跟自小的环境有关。如果你不相信自己是好看的，那么无论多少人说你好看，你内在其实都是不相信的。

我们和自己的关系是否良好，本质上取决于，是喜欢自己比较重要，还是被别人喜欢更重要呢？

别人永远是不可把握、不可控制的变量，他们会改变，他们会离开，他们还可能会背叛、伤害你。

唯有你自己，才有决心和意志对自己的身体、心灵、灵魂不离不弃，努力学习带着一份欣赏和尊重的眼光去看他们。

不要因为你的父母没有这样对待你，就灰心、失望、绝望，他们给不了这些，因为他们也给不了自己这些。

同样，你喜欢的人，你期望他们给你爱的人，他们也未必能刚好懂得。

遇到懂得的人，是一份幸运。遇到能给你温暖和自信的人，就是遇到一束光。

但不管有没有遇见，你也可以把自己变成幸运，变成那束光。

去看见，那些信念不是真理，他们只是被环境所种下的一颗种子，变成了强硬的杂草、藤蔓，不停地在抢夺你生命的能量和养分。

他们不是你，不是你先天的样子，也不是你的未来。

他们随着过去附带而来，也可以随着过去附带而去，只要你愿意去看见。当你能够看见，你就可以伸出手去剥离掉他们。

而这，就是成人之后的一次次新生。

人来到这个世界，只有一次生命。

但意识和精神上的生命，在这一次的生命里，可以不断地重生。

◎ 每个人，当他安静下来，当他对自己极度诚实的时候，都能够说出深刻的事实。我们的根，别无二致。万物的起源并不神秘。我们都是创造的一部分，是所有国王、所有诗人、所有音乐家的一部分；我们只需打开自己，去发现其中已经存在的东西。

——亨利·米勒

· 自信的第二维度：你和世界的关系 ·

人生观和世界观，哪个更重要？

曾经有很长一段时间里，尤其是青春的恋爱中，我第一次意识到，人与人之间，并不是喜欢就可以愉悦相处，甚至可以说，喜欢有时会带来一种深深的痛苦。

很多人大概也是从那个时候开始，了解到了什么叫作“性格不合”。

可人与人之间的相互吸引，不就是因为彼此不同吗？

乖巧的姑娘，总容易被满身叛逆的坏男孩吸引；循规蹈矩的人，总容易爱上放浪不羁爱自由的人；内向型人格，总觉得外向型的人格自带光环；脆弱的人，依赖内在坚强有主见的人。

人们是因为不同，而被吸引；因为不了解，而产生好奇。因为好奇和吸引，而感受到对方的魅力。

爱情电影里，男女主角相遇在浪漫的场所，在爱的滤镜下，会觉得对方无论说什么做什么都那么有趣、可爱、漂亮，然而一旦涉及生活、选择、金钱，一旦落定到行为选择上，人生观的本质差异和矛盾就会显现出来。

一个要往南，一个想往北；一个嗜甜，一个嗜辣；一个喜静，一个喜动。

这些看起来只是喜好的不同，为什么会带来矛盾和伤害？

因为，没有人愿意一直输和让步。

我们对自己人生的某些坚持，远比我们自己想象的要执着，这就是爱之所以困难的原因。

当人对于自我的认知和理解渐渐形成，我们就会有很多固向的思维和选择。我适合什么颜色，我适合什么工作，我适合什么样的人，我该过什么样的生活。长大后的人们，多半不再想要在生活里冒险，而是想要偷懒和舒适。

无法理解的人，不想要去理解，而是直接评判对方的想法。

无法理解的事，也不想要去探究，而是粗暴地说这些不好玩、无聊、没意义。

人生观很常见的状态，就是变成了一个模具，把不同的人装到不同的模具套子里，变成某个固定的样子，然后我们一望便知：噢，哪个是我的同类，哪个非我族类。

青春期的我们，对自己从不了解，到慢慢开始有些了解；从抗争到慢慢放弃某些抗争；从不愿妥协到慢慢习惯妥协。

我们开始了解自己的缺点，只是我们学会了掩饰和假装不在乎。

当人学会了先展示优点，而非缺点，人就走向了成熟。

当人学会了规避风险，而非冒险，人就走向了稳定。

可另一些问题随之出现：为什么你明明做的都是正确的选择，人生却变得越来越疲惫不堪？为什么似乎你也拥有了很多，你却并没有像别人那么容易满足和快乐？为什么有的人浑身缺点，可他却活得远比你要自在随意？为什么你会发现生活的空间越来越狭小逼仄，似乎可选择的并没有变得更多，而是变得更少？

只有这些问题显现的时候，我们大概才会真正去看到他人，以及看到每个人眼里与众不同的世界。

人跟人的差异，行为和选择上的差异，都是人生观的差异。

但生命内在质量的差异，是世界观的差异。

此刻，你可以静静问自己一些问题，你要用自己的直觉来直面这些问题的答案：

活在这个世界上，你感到自己是足够安全的吗？

每天入睡前的那一刻，世界是安宁的，还是动荡的？

你相信这个世界是会善待你的吗？

以你目前活着的经验，你感受更多的，是善意还是敌意？

你更喜欢关注好事发生，还是更爱关注坏事不断？

这个世界变得越来越好了，还是变得越来越糟了？

你喜欢周围的变化，还是讨厌那些变化？

你是否喜欢观察、探究世界的变化，还是恐惧和逃避？

你每天的行动路线是固定的吗，还是经常变化？

你每年都会留出时间去新的城市、新的国家吗？

对目前生活的城市，你有经常发现令你惊喜的地方吗？

你活着的动力，是否有一部分来自你想去看到世界更多的地方？

当你想到要去陌生的地方，见到陌生的人，你是欣喜还是害怕？

当你要出门之前，你会提前探究目的地安排行程，还是只想待在固定的地方？

在陌生场合，你能交到新的朋友吗？

你有多久，没有尝试去交往新的朋友了？

你身边深度交往的人，在近三年有更新过吗？

如果这些问题的答案大部分都是“是”，那说明，你是一个不断在更新世界观的人，更重要的是，你喜欢且享受这种更新和变动。

但如果大部分答案都是“否”，那么你可能感到虽然自己的能力在变强，但圈子和世界却在内缩。

人不去看世界，不关注世界，当然也能活下去。但如果你不去关注世界，你会很难知道——我到底能活得有多好？

很多年前，在我刚毕业的时候，我只有一个想法：我要尽量去远一点的地方。我要趁自己最有勇气的时候，去看看繁华的都市，于是我选了深圳。

当时很多选择留在本地的同学，自那以后就再也没有离开过那个城市。我想终其一生，大概率他们也不会离开那里了。

这并不是一种地域歧视，而是一旦你有靠自己在陌生城市活下去的经历，那么，此生你就不会害怕去任何陌生城市开始新的生活。

这就像，一旦你爱上旅行，就会不停地去往更多新的地方，去看更多不同的风景。

一旦你有很多跟陌生人之间发生的美好经历，你就会开始喜欢上交朋友，去交更多不同的朋友。

一旦你喜欢去新的餐厅，看新的风景，认识新的朋友，发现新的世界，你就会越来越擅长这些，对此拥有更多的自信。

对于无法走出“人生”的人来说，太容易感觉到四处都是限制，越往前走，选择越少。

一个离婚后抑郁了两年的朋友跟我说，她真正走出抑郁，是因为认识了很多离婚后活得不一样的女人。

在此之前，她脑子里一直有一个问题——为什么是我遇到这些事？到底我做错了什么，努力经营却得到了这么惨痛的结局？为什么如此悲苦，却无法获得家人的一点理解？

可她有一天亲眼见到，女人离婚后完全可以活出新的生命状态。那个人就这样生动地在她面前，那样鲜活，那样生机勃勃——那一刻，不用任何道理来说服自己，这些苦恼很久的问题瞬间就像个泡泡，啪的一下，在空气中碎掉。

也许那一刻，她并不确定，自己是否也可以活成那样。但至少，她懂得了，之前她听过的、相信的许多话，都是错的。

这点，至关重要。

我日益发现，世界观就像哆啦A梦的“任意门”。

你可以在那一刻，穿梭到另一个时空，站在那里回望自己，突然就发现，有些限制和阻碍，并没有你想的那么深重。

一个人在自我世界里待久了，多少会被禁锢其中，如井底之蛙，一边嘲笑飞鸟，一边自我安慰，可内心却深知——我对于一切都不满意。

人生观决定我们将选择如何活着。

世界观，却会决定我们的人生观能有多少的灵活度，有多少拓展的空间。

没有世界观的自信，终究是狭隘的、脆弱的，经不起风吹草动。

我二十几岁的时候，曾以为，自信就是做天地间、山谷里傲然挺立的一棵树，周围最好是茫茫旷野，那样孤独骄傲的状态，才显得足够酷，足够有光环。

可当你真的见过世界以后，会发现，孤独一点都不酷。

“我以前觉得去夜店、文身、打洞这些很酷。后来发现这些事一点难度都没有，只要你愿意就能做得到。更酷的应该是那些不容易做到的事，比如敢于改变自己。”

真正的自信是，不断地离开自己的舒适区，不断地去跟世界碰撞，去看看你能活出怎样不同的姿态。

即便是在森林里，也能确定自己拥有独一无二、无可替代的价值。

这样，才足够酷。

◎ 我希望你们可以尽己所能，想方设法给自己挣到足够的钱，好去旅游，去无所事事，去思索世界的未来或过去，去看书、做梦或是去街头闲逛，让思考的渔线深深沉入这条溪流中去。我是劝你们去做一些不仅有益于自己，还对整个世界有所裨益的事情。

——伍尔夫

谁在决定着你和世界的关系？

当精子和卵子顺利结合，一个生命诞生，母体的那个子宫，就是他的全世界。

当一个婴儿出生，他出生的那个房间以及周围的所有人，就是他整个的世界。

生命的成长，因这个生命的行动能力而拓展。

当他会站、走、跑，当他可以决定自我的行动坐标，那个世界就会开始更加广阔、幽深。

在我上大学、工作之后，每一次我回到家乡的小城，都有一个相同的感叹——原来那个学校是那么的小，原来这个城市是这么的小。

见过世界后，才知道什么是更大的世界。

但即便如此，在生命的开端，当我们没有能力认知世界的时候，那个母体如何看待世界，我们就会如何看待世界。那些周遭如何看待世界，人就会如何看待世界。

一个因为“超生”而必须东躲西藏的母亲，她的孩子长大后跟我说，她无法对任何一个新的环境产生放松的感觉，那种必须要躲藏起来的恐惧令她全身紧绷，充满着极强的防备心，她很容易感受到不被欢迎的恶意，却很难感受到被接纳的善意。

一个父母离异后的女孩，听母亲讲过无数遍感情总会被辜负，于是她就把自己变成了一个工作机器，她无法停下来，无法允许自己安然地消磨时间。她没有办法享受恋爱带来的甜蜜，每一天都如鲠在喉，头上仿佛悬着一把剑，似乎她只要不够理性，一旦陷入感性中，那把剑就会落下来。

当然，这些听起来是极端情况。

但因过往的经历，很多人跟世界的关系，充满着怀疑、防备、紧张、厌恶、害怕、担忧。

于是，生命渐渐发展出很多不同的模式：有的人活得像个战士，时刻准备要抗争，不允许自己输；有的人活得像惊弓之鸟，时刻准备要逃跑，不敢正面迎接问题。

当你跟世界的关系不好时，你跟他人的关系，也很难走向平和、安静、舒适。

我的很多读者，都有类似的困惑，那就是她们很容易对伴侣感到厌烦，即便他什么也没有做。不仅如此，她们与工作中的男性也很难相处愉快，只要待在一个空间，她们总能找到各种理由去讨厌这些人。

在这个类似的困惑背后，她们都有一个相同的经历：有一位不停唠叨、抱怨父亲各种问题的妈妈。

这种抱怨带来的负能量，积聚在她们内心，她们既容易对男性感到厌烦，更容易对自己感到烦躁。

而这种状态之下，一位女性是不可能对自己的女性魅力感到自信的，更不可能对亲密关系产生自信。虽然看起来，能去指责、抱怨他人，是一种强势的表现，意味着我比你更强，我比你更好，我比你更有价值。但同样的逻辑背后，也意味着——一定有人比你更强、更好、更有价值。

那么，这是否就意味着，更强、更好、更有价值的人，就可以在语言上肆无忌惮地指责、攻击他人呢？而这一切都是理所应当的，不够好的那个人应该全然接受，并且接受被改造，否则这个世界就不对？

如果你的世界观是这样的，那么，所有的亲密关系就是一场较量，输的人就意味着失去尊严、失去被爱的资格。在这样的世界观里，爱，是很难有存在空间的。

因为，你不会相信，有人真切地爱你这个人，即便你不够好，不够强，不够那么有价值。

你会相信，被爱不是一种简单的吸引，而是要做得对，做得好，才值得被爱。

你就会时时去衡量、比较——我做得是不是够好、够厉害，是否贡献出了很多的价值。

而这就是为什么，有那么多女性，活得那么忙碌，活得毫无自我，因而极其缺乏女性魅力，也很难感受到真正的自信。

随着付出得越来越多，她们越来越感觉到自己只是关系里的“工具人”——我被需要，但我并没有感觉到被爱。

我们对世界的理解，就是这样在潜意识深处影响控制着我们的人生。

另一种看起来更彪悍、更强势的状态，就是活得像个战士。

这类风风火火的人，他们从不害怕正面刚，相反，他们非常擅长跟他人辩驳、对抗，一定要看到对方妥协、认输才肯罢休。

他们看起来很享受他人对自己的畏惧和害怕，这也成了行之有效的一种手段。直到最后，他们才发现自己失去了所有人。

没有人愿意在他们面前放松自在地袒露真实，他们也一样，时刻紧绷，时刻强悍，心脏不适的时候越来越多，紧张和焦虑成了一种常态。

他们很难拥有自己真正喜欢的人，他们也很难和更优秀的人交往相处，因为那些人并不理会这一套。孤家寡人最终的结局，往往都是一样，放眼望去，身边没有几个知心人。

很多人会以为这样的人，强悍且自信。

确实有很多人能力超群，说一不二。为了赢，他们比大部分人更愿意努力，更愿意承受压力，更加不惧怕指责、被人讨厌。

但对于输的恐惧，会导致他们难以接受挫败、拒绝，总有一天，他们的世界因此而变得越来越狭小、狭隘，他们画地为牢，待在那个舒适圈里，再也无法走出去。

人对于世界的自信，不是来自我能掌控多少，我能控制多少。再厉害的人，也只是一个凡人。

人对于世界的自信，首先要来自放松。因为放松，才能真正享受这个世界。

人必须要去看到一个事实：越和世界对抗，你想得到任何东西，越是要付出更高的代价。

因为本质上，如果你不相信你可以通过轻言细语获得尊重，那么你就只能大声吼叫。

如果你不相信，你只是凭借做自己，就可以得到爱，那么你就只能用付出和牺牲去交换爱。

去看更大的世界，不只是为了去看到世界更多的风景，而是去看到，活着有很多种不同的状态和模式，那可能是此前的你无法想象到的，生命是可以简单和自在的。

即便需要面对生存，面对竞争，也能有不同的应对状态，你也可以选择用微笑或者眼泪去面对。

原生家庭这个小世界，之所以难以逾越，正是因为，你自我构建的那个世界还不够大，还没有大到足以覆盖过去那个小世界。

你依然给了父母足够的权威和力量，他们依旧在你这里可以称王称霸，可以轻易影响你这个小世界，并且试图让你继续运用他们的模式，去面对外面的那个世界。

去成为自己世界的王。女王，也能和更大的世界平和相处，相互遥望，相互欣赏。

当你不去敌视、厌烦、恐惧这个世界，你会因此获得内在更深、更宽广的自信。

◎ 也许我们生活中的所有巨龙都是公主，只是在等待看到我们的美好和勇气，哪怕只有一次。

——里尔克

还记得令你自信的那些时刻吗？

曾经有人问过我，是否还记得那些令你感觉自信的时刻？

他问的不是某个具体的事，而是时刻。

但就时刻而言，你会发现，人生有很多矛盾的“自信”时刻。比如你在店里买了一条裙子，当时你看到自己站在镜子前面容光焕发，店员也在身边发出由衷的赞美。你当即穿着它走过人群街道，你觉得那一天的自己与众不同。

可当你回到家，再一次穿上它，站在自家的镜子前，你开始怀疑自己的眼睛：这真的是同一条裙子吗，为什么是完全不一样的感受？

然而当你真的精心装扮后，穿上它出门，碰到熟悉的朋友、同事，他们夸赞你的新裙子，称赞你今日的状态，你又会感觉回到了那个容光焕发的时刻。

在不同的灯光、环境、心情中，同样的裙子，带来的感受截然不同。

更重要的区别是，镜子不同。

人是看不到自己的，必须要通过镜子，或者任何能够反射的物质。如果你足够细心，就会发现，不同的镜子映照出的脸截然不同。

现在有些网红咖啡馆人潮涌动，一个至关要紧的原因是，那里的灯光和背景特别适合拍照，能把人的脸映照得格外有光泽感、轮廓分明。

而我是否愿意续住一家酒店，极其重要的一个条件，是看它洗手台的镜子、灯光是否能给我带来好心情。

事实上，不同的人，也是不同的镜子。整个世界就是一面巨大的镜子。

我们很难不通过别人的反馈来判断自我，我们也很难不被世界的评判影响自我。

我最早关于文字的自信，来自很多美好瞬间。从小学开始，我的历任语文老师对我都宠爱有加。可是，重大考试的时候，我的评卷老师似乎并不欣赏我自由的文风，我并不会因为日常的宠爱，就获得中考高考的作文高分。

到了大学阶段，我的自由主义更是一发不可收拾，我喜欢看哲学、历史，看各类当年不被允许看的书。有很长一段时间，我不再写作，也没有任何老师的青睐，除了看各种奇怪的书，我觉得自己离文字已经很遥远了。

但大三我突然决定开始写博客，那是一个逐渐摒弃过去的文字，重新找到自我的过程。我才发现，关于写作，我真正的自信，不来自刻意模仿的任何一种风格，既不来自华丽的辞藻，也不来自引用的名言名句，而只是来自真实地面对内心。

你的文字越真实，就越有生命力。

在关系中也是一样。我关于社交的自信，不来自我多么擅于察言观色、讨好他人。恰恰相反，从我大学毕业后，我交往的朋友都不是我的同龄人，而是比我年长十几岁的人。他们因为看到我的简单、直接、真诚，很快就对我敞开心扉，也会努力保护我的真实。

如果我像很多人那样过早地学会了油滑、表演，我想，我的人生会缺少很多奇遇。我不会认识那么多的“忘年交”，因为在中年人眼里，青年的油滑，是一眼就能看穿、一击即破的。

我的另一些朋友跟我说，她们很多的自信时刻，来自被那些高于自己的人认可。

还有一些人跟我说，他们的自信时刻，来自努力得到了回报，获得了奖赏。

也有很多人的自信，来自他们经由自己的奔跑，走到了小世界的顶端，成了家族最厉害的人、小圈子里最拔尖的人。

但如果没有得到认可、没有得到回报，又或者置身于陌生的圈子的时候，这份自信还能坚定地存在吗?

面对世界的时候，情绪之所以复杂，是因为时光、人、环境都不会恒定在那里不动。

我们掌握不了一个规则，去获得某种恒定的自信。

人是无法完美的。

泰戈尔说，最好的事物从来不独来，它从来伴随着一切而来。

只要有比较，就一定会有更好的那一个，也会有不够好的那一个。

只要心有所期待，就一定会有满足的时刻，也会有更多失望的时刻。

即便是同一件事，同一个工作，同一个人，你会有确定的时刻，也会有无数不确定的时刻。

◎ 他们之所以做得到，就因为他们认为他们能够做到。

——丘吉尔

去看见自卑带来的无限动力

人为什么活着？人生的意义是什么？

我喜欢阿德勒的解答："客观地说，只有在遇到挫折的时候人们才会问诸如此类的问题。如果人生平坦顺畅，没有遭遇艰难磨练的话，就不会产生这种想法。因为有那些'不够好'的时刻，因为有那些失望的时刻，因为有不断出现的不确定，人才会一次次竭尽全力地去探求更多的足够好、更多的确定。"

如果一个婴儿一出生，就获得了所有的满足，他都已经不需要努力，就可以在这个世界上很好地存活下去，那"努力"的意义何在？

这就是为什么被原生家庭宠溺的"巨婴"，绝对无法跑赢那些内在有创伤而需要不断奔跑的人。

这也是为什么很多从小看起来"自信满满"的人，长大后未必能超过那些小时候不够自信的人。

《国王的演讲》是我很喜欢的一部电影。主人公约克公爵身为王子却有严重的口吃，无法自如表达，多年来他遍寻名医却无明显改善。

电影中有一个非常精彩的角色，就是国王的治疗师莱纳尔。这位治疗师没有专业医生文凭，也没有任何专业的学术背景。但他有着非凡的理念，因为他深深地相信：没有任何人是先天口吃，所有口吃都是因为后天心理原因。

一开始，极度紧张的约克公爵根本不相信自己可以正常说话，极其逃避莱纳尔关于他成长经历的一系列问题。于是，莱纳尔拿来一个耳机，让他听着吵闹的音乐大声念出《哈姆雷特》。奇迹发生了，听不到自己声音后，约克的朗读非常自然流利，跟他日常说话完全不一样。

在治疗的过程中，莱纳尔还发现，当约克生气说脏话、愤怒地大声吼叫时，完全不会口吃。而当他面对父亲和哥哥质疑的时候，口吃最为严重，会完全卡住，一个字也说不出来。

这再次证实了莱纳尔的猜想，口吃源自约克从小的自卑，而非先天不足。

原来，约克的哥哥爱德华从小就更受父母宠爱。连乳母都更偏爱哥哥，她甚至会故意掐小约克，让他哭闹，在父母面前出丑而被抱走。后来，约克口吃日益严重，加上他天生左撇子，双腿还外翻，需要夹着钢板走路，这一切都让他在父母和哥哥面前更加怯懦和自卑。

哥哥这样的天之骄子，原本理应是当之无愧的王位继承人。可这位风流倜傥的王子无心国事，追求酒精和女人，一心要娶离过两次婚的辛普森夫人，即便国难当头。

就这样，弟弟约克公爵被推上了王位，成为乔治六世，而他成为国王的最大挑战，正是要直面自己的口吃，向全国发表抗战演讲。

因为从小的口吃，因为不那么受宠爱，他反而在挫败与冷落中锻炼出了强大的意志力，毫无疑问，就心智而言，他才是那个更合适的国王，面临困境也决不轻言放弃。

电影最后的场景，激动人心，他的每一次停顿，都让人忍不住揪着一颗心；等到他说出演讲稿的最后一句，我也忍不住跟着泪盈于睫。

历史上，这位国王并没有完全治好自己的口吃，但是这次演讲成为他人生里程碑式的事件。一个口吃的国王战胜自己发表公众演讲，还有什么比这更能令臣民备受鼓舞？

在二战时期，他和王后不惧危险到各处访问，并且亲自上前线参加战争。在怯懦和自卑的背面，他无疑是一位勇敢无畏、爱敬臣民的好国王。

人可能永远改变不了某些缺点，但敢于一次次地正面迎击缺点，反而能极大地提升自信。

令一个人自卑的部分，也恰恰是一个人培养勇气和毅力的土壤。因为战胜自己，迎风而上，这是世界上最难的事。最难的你都不怕，其他的人和事，都很难再击垮你。

生命最棒的一点是，它如任何植物一样，后天的成长姿态，更多取决于种子内在生发的动能，而非成长的环境。

很多时候，贫瘠土地生长出的植物，一定更强韧，更能经得起恶劣环境。

如果世界一直给你正向回馈，却突然给你来了一次打击，也许只这一次的风雨，就能让一个人坠入谷底，怀疑世界。

然而，如果世界一直没有给过你正向回馈，但有一天突然给了你一点“甜头”，你靠着这一点点甜，自信就能谷底反弹，一路狂奔。

阿德勒还说过另外一句话：“自卑感本身并不是变态，它是人类进步的诱因。事实上，人类的一切文化都是以自卑为基础的。”

这样听起来，自卑似乎也是可爱的、有生命动能的一种情绪能量。

那人就不需要那些闪光时刻了吗？躺在自卑里不动就好了吗？

当然不。

人必须要学会接纳的一个真相就是，自卑和自信永远共存于自身为一体。就像晴天与雨天，就像太阳与月亮，就像海洋与陆地，他们带给你的能量，各自不同，皆有裨益。

自信的闪光，就像太阳，让人舒展，带来明媚和温暖；像海洋，带来广袤和丰盛。

自卑的黯淡，就像月亮，让人内省，带来波动和沉思；像陆地，带来耕耘和耐心。

不断地转换其中，就是人的一生，也是人类和这个世界千万年来长久共存的模式。

而对于每一个人来说，记住那些令你闪光的时刻，也不要因为不够闪光的时刻，就怀疑、否定自我。

因为自信就在那里。在潮汐的岸边，涨潮、落潮，也许不太被看见，但冲刷打磨之后，渺小、丑陋、粗糙的石子会因此焕发出更大的光彩。

◎ 去做你害怕的事，害怕自然就会消逝。

——爱默生

你相信世界是公平的吗？

我们从原生家庭承接到的，不只是情绪和伤痛。为什么很多人了解心理学之后，无比悲伤地发现，尽管自己是如此讨厌父母的某些行为，可某些时刻，自己竟然和父母的行为一模一样。

因为，在长久的耳濡目染中，我们不可避免地复制了父母和世界链接的模式。

而我们可能对此一无所知，看不见，也不知道他人触碰之后，到底是怎样的感受。

曾经有个朋友，她总是很热衷于提醒我，某某人会对我不利，并且她也很热衷跟我分享其他人之间的争斗细节。有一次，我实在忍不住问她："你其实是一个十分简单善良的人，为什么却很喜欢关注这些细节呢？"她被问住了，然后才诧异地发现，这一切来自她的父亲，一个在争斗中长大的男人，他总是不停地跟家人抱怨：生活对我不公平，某些人明明比我做得少，却比我得到的多。

不可否认，矛盾斗争是世界的一部分，但过于关注，并且把这些放大，只会增加自己的恐惧。

我问过她，你能否真的相信有人可以接纳你？她沉默了几秒后，告诉我：不能。

事实上，生活并不是宫斗剧，也不是肥皂剧。

她的模式已经严重影响了她的社交，察言观色，极尽讨好，内心却并不相信这一切可以换来真正的接纳和尊重。这是极大的心理内耗。既不能做自己，也不能相信有人接纳真实的自己。

多年后，她告诉我，当我第一次对她说“我并不想听到这些”的时候，她是诧异的。因为很多人都会积极地跟她互动交流起来，她一直以为这是表达亲密、拉近关系的方式。而我却是拒绝的。

当你恐惧，你就会吸引同样热衷恐惧的人。然后，你就以为世界都是如此。

同样，当你评判，你就会吸引同样热衷评判的人。然后，你就以为世界都是如此。

关于我自己，我曾有一个有趣的发现，那就是十年前，我也经历过一起吐槽男友、抱怨老公的姐妹时光。似乎，只要有一个人活得不好，我们就有义务，让她觉得，她不是最悲惨的那个人。

可当我们分开的时候，没有一个人是开心的、满足的，我们活在了彼此的抱怨中。

职场也一样，只要一个公司大部分的人，更热衷于聚在一起吐槽老板和甲方，待在这个公司的情绪内耗就会榨干你的大部分精力。你甚至认为，在这里努力工作，像一个傻子。因为，为你瞧不起的人工作，那种感觉糟糕极了。

自此以后，一旦在某个场域和圈子嗅到这种味道，我就会远离。

当我变了之后，我的世界就变了，我的朋友们也都变了。

当我不需要用这种方式去链接他人的时候，我吸引到的都是更积极和正向的人。

当我不认为这是一种爱的互动，我得到的爱，开始更多的是认可，而不是抱怨。

当我有更好的、与世界联结的方式，我的世界变得更丰盛、更自信了。

当你懂得，你的世界就是一面镜子，心态就会截然不同。

世界不是高高在上的主人，而是映照你内在世界的一汪水，或者就像练功房的大镜子。

一切不好的镜像，都不过是一个提醒，提醒你需要调整和变化。

要知道，太多人的不幸，都是因为把他人的幸福当成是“我的失败”。

◎ 如果没有自信心的话，你永远也不会有快乐。

——拉罗什夫科

放下比较，才能拥有更多自信

如果你不相信世界是公平的?

那你或许花费了大量的时间，去关注那些不公平的细节。你也一定花了大量的精力，在衡量和比较，你付出了多少，你又得到了多少。

但不管你有多聪明，多能干，所得到的结果都是一样的，那就是不相信自己值得被公平对待。一切平等和公平，都是需要用尽心力去要、去索取的，它不会自然而然地发生。

在世界的某一个维度，有一部分人，他们喜欢用试探、索取、不对等的方式去相处，只有这样，他们才有足够的安全感去和他人交往。

然而，他们通常最终一定会失望，于是不断地加码那个试探、索取、不对等的门槛。而通过的人，必然就会越来越少，也越来越奇葩。相信，就会变成一件越来越难的事。

可如果你仔细去观察，有很多人认为自己得到爱是一件非常轻松的事。他们并不那么计较和在意自己为这个人付出多少，又得到了多少。因为他们相信：如果这个人不值得，我可以很轻松地放弃和他交往，但我并不会因他改变自己，这样的状态，才会让我不断遇见更好的人。

对这样的人来说，良善不是一个负累，而是一个极其简单的试金石，可以用“吃亏”的方式，轻松淘汰一些不够良善的人，不必让这样的人进入自己的生活内核。

看起来，前者是无比精明的人，后者简直是傻子。

但前者的人生就是在努力打造一个王宫，自己要努力成为可以掌控公平标准的王。而后者却可以不断地破圈，四海为家。

这是关于自信更深的一种状态。

不执着于必须在某件事、某个人身上获得回报，而是信任自己可以在更广阔的维度里获得自我价值的肯定。

世界很大，但没有深邃广阔的世界观，就会是狭窄而脆弱的，执着于眼前的一件事、一个人。

因为经历过了太多的拒绝、失落和不公平，但也得到过了足够多的肯定、允诺和相对的公平，才懂得，不以物喜，不以己悲，不会在当下的那一刻情绪里沉溺、陷落太久。当第二天的太阳升起时，当一阵风飘过时，就能轻轻拂去心上的尘埃，再次见到内心的光亮。

公平从某种角度来说，不是世界赐予你的，也不是权威给予你的，而是你自己活出来的一种信心。

◎ 抛开“困难”和“失败”，把它改为“挑战”。

——奥南朵

选择和世界更美好的联结方式

当人认为自己跟世界关系不好的时候，通常下意识的反应是世界对自己不够好。

就像家里有兄弟姐妹的孩子会很容易抱怨父母的“偏心”。可是，做父母，是不可能在任何时候都做到公平的。如果我们内在把自己当成“孩子”，那就会像抱怨父母一样，去抱怨世界。

这样的心态不只是容易引发抱怨，更重要的是会引发脆弱，因为你会相信，你能做的选择会很少，一切资源都是他人给予的，你没有自主权，只能被动接受，不管自己喜欢或者不喜欢。

就像小时候，你连决定自己穿什么、吃什么的权利都没有。父母叫你穿哥哥姐姐的旧衣服，你只能接受。父母说这个有营养必须吃，你也只能强迫自己咽下去。

当我们跟世界关系不好的时候，最终一定导向一个结果判定——我没有选择。

升职没有选我，而是选了别人，这也不是我能决定的，我没有选择；我爱他，但是他不爱我，我什么都做了也得不到爱，我没有选择；我付出了那么多，为什么别人还是看不见，我没有选择；为什么我比她更努力，但她却活得比我好，我没有选择。

世界是一面镜子，如果我们期待的结果没有发生，最糟糕的反应不是失望，而是没有选择的无力感。

而那些内心强悍的人，面对结果不如人意的时候，通常他们问出的问题是：我该做出什么样的调整？我是否需要修改程序？因为他们相信：我是有选择的。

关于选择，很多人都问过我相似的问题：在最好的年纪里是该拼事业，还是早点嫁人？一个工作轻松但钱不多，另一个工作很辛苦但钱多一点，我该选哪一个？

这些问题背后，更深层的症结不是选择困难，而是不敢相信，我值得更好的人生，时间会给我一个更好的答案。

每当她们问出这些问题的时候，就会讲出很多失败、悲惨的故事，这些故事大多数来自他们的亲人、朋友。而且这些人会不断以自己的经历劝告、劝服她们，你应该选A或B，不然，你就会受苦。

在这些人身上，她们看不到希望，似乎未来只会更糟，不会更好，所以，必须吸取她们的人生教训，必须要听她们的建议，去做一个选择，而且是当下、立刻、马上。

就像小时候，那些不爱吃的菜里面，你必须要吃一个，否则就会受到批评。那些都不想做的功课里，至少要先完成一个。

无法做选择，是因为无法相信，我还有其他的选择，因为，这就是命运给我发的牌。

但事实上，很多人心里是知道答案的，可是他们不敢选。

因为，人很容易就把身边的世界，当成全世界。

如果当下这两个选择，你都觉得将就，那么明明有第三个选择：两个都不选。

放弃，在很多时候，就是第三个选择。

放弃那些不够好的、那些需要将就的，是因为有自信、有底气，可以得到更好的。可能不是在当下，但一定是在未来的某一天。

或许有无数人会告诉你，放弃了这一个，你以后再也遇不到更好的了。

事实是，可能你真的再也遇不到这么有钱的，或者再也遇不到对你这么好的，但你获得了选择的自信、勇气、自由。

我的一个女友，当年她放弃了无数人都羡慕的一段感情，因为她拒绝做只需等待被宠的金丝雀。很快对方就娶了渴望被豢养的年轻女孩。

她说，当初对方无法理解，为什么他什么都准备好了，他如此地爱，她却可以无情地离开。因为“他不知道，他和家人摆出的那种如上帝般给予的姿态，让我痛苦”。

我问她后悔吗，她说，十年后，自己可以斩钉截铁地回答：不后悔。

我想，在做出决定的那一刻，内心大概是有过纠结、摇摆，甚至后来，想到放弃了一个这么好的人，也会有难过的时刻。

但很多选择不是在于对方不够好、不够爱，而是能预见了世界观的不一致，是在内心深刻地知晓：往后余生，我们要去的世界是不一样的。

若为自由故，一切皆可抛。

她求的是更好的自己，而不是更好的爱情。

最终，她求仁得仁，得到的确实不是世俗意义上“更好的婚姻”，而是更强大的自己。

但假若她看不见这些差距，真的选择了那个人呢？人生没有假如，但如果你注定不是金丝雀，而是林间自由的飞鸟，那这段感情一定还是会分崩离析的。

当然，这世上很早就知晓自己是谁的人，并不很多。大部分人都是撞到了墙壁才会回头，才会领悟到：噢，那不是我想要的，那不是我要去的地方。

如果你感觉到，你跟世界的关系不好，你觉得没有选择，那么唯一的选择就是：敢于放弃不够好的选择，去追求那些更好的选择，尽管它们意味着更多的坚持、更远的结果。

看清你跟世界联结的方式。

放下被灌输的自我，然后，去行动，去改变，遇见真正的自己。

因为，敢于拒绝不够好的，敢于追求更好的，才是活着最大的自信。

◎　“自我”这个东西是看不见的，撞上一些别的什么，反弹回来，才会了解“自我”。所以跟很强的东西、可怕的东西、水准很高的东西相碰撞，然后才知道自己是什么，这才是自我。

——山本耀司

自信的第三维度：
· 你和过去、当下、未来的关系 ·

不自信的人，总是愿意活在过去

1. 比较的噩梦

当我和很多人聊到“你为什么不自信”这个话题的时候，几乎百分之九十的人都不可避免地会谈到过去，尤其是他们的孩童时代。

中国的父母非常习惯且擅长用比较的方式来激励小孩，很多人在孩童时代都活在某一个“别人家孩子”的阴影里。

总有一个别人家的孩子，似乎就是完美的代名词，他们乖巧、懂事、成绩优异，不跟父母顶嘴。他们是学校、老师、家长眼里闪闪发光、梦寐以求的小孩。

而另一种更加沉重的比较，来自同一个家庭里，日日生活相处在一起的兄弟姐妹中就有一个“别人家的孩子”，无论你做什么，都不如他/她。他/她就是你此生的噩梦，是你永远无法超越的对象。

习惯了这种模式的人，在成年之后，也会习惯在关系中去塑造一个“无法超越的别人”。他们会一边时时仰望着这个目标，又时时沮丧于无法超越，不断地重复、循环着小时候的那个噩梦。

如果一个人习惯在内心与他人竞争，那就不可避免地产生“我不如他人”或者“我优于他人”的想法，这会带来无尽的烦恼。

可即便如此，很多人却无法放弃这个习惯，因为潜意识深处，他们的父母已经用无数次的重复，让他们深信：这是一个能让自己变得更好的办法。

而现实中也能发现，有一个目标伫立在那里，确实会在一段时间里激发出人的斗志，奋力向前。至于这个斗志能燃烧多久，因人而异，可它看起来是有效的，至少曾经有效过。

只是当沮丧积累得越来越多，当一个人开始相信：无论我怎么努力，我永远不如他人，这份效力就会彻底失效，而变成了深深的自我放弃。

我曾经遇到过一个读者Daisy，她的母亲在离异之后，就把所有的注意力都转移到她的学业上，对她非常苛刻。每次她考进前五名，母亲就会说："为什么没有考到前三名？你看你们班的某某，永远都是前三名，你就是还不够努力。"结果，越到大的考试，她越是发挥失常。而且，她害怕考得太好，妈妈就会要求更高。

任何地方，母亲永远都能给她找到一个竞争对手，不停提醒她：你不如这个人，你还可以更努力、更厉害。

等到她成人之后，不管是工作还是生活中，她都很快就会给自己找到一个"完美的PK对象"，刚开始她会野心勃勃地想要超越这个人，可是很快她就会觉得自己糟透了，哪儿哪儿都不如别人，干什么都提不起兴趣。常年在这样的压力下，她经常头痛，睡眠也很不好。

像Daisy这样极其努力，却很难去肯定自己的人，很容易就轻看自己，每天在自己的情绪内耗中，就会想放弃。她总以为是自己不够强、不够好，所以不能让妈妈满意。但事实上是妈妈在离异后，认为自己的人生太失败，因此太害怕自己的孩子失败，而让她承受了过多的压力。

我对她说："不是你不够好，而是你认为自己不够好，所以才这么辛苦。"

成年之后，我们以为自己要学习的，是不断往外看的能力，但其实，很多人首先缺乏的，是好好看自己的能力。

我们看待自己，比自己以为的要更为挑剔、苛刻。

看见这些，最智慧的选择，就是去重塑自己的过去，放弃用父母的眼睛去看世界。

给自己一个合理的评语，一切才会发生得更合理。

2. 无法认输的痛

我很幸运的是，因为职业的关系，我能够比普通人看到更多人内心深处不可言说的痛。

比如，那些"别人家的孩子"，无数人眼里的天之骄子，他们内心难道就没有自卑的时刻吗？

不可否认的是，他们因天赋、能力的卓越，自我的价值已经获得了无数次的验证。所以，他们内心有一个部分，坚定地相信着"我很好"，可这些骄傲、自负带来了另一种痛楚：无法认输，无法脆弱，无法放松。

每一个人在孩童时代都拥有一个特权：通过"脆弱"这一威力十足的武器支配大人。

但不幸的是，因为他们是"别人家的孩子"，所以他们没有权利和空间去展示脆弱。

无论做得多么好，都变成了"这是应该"的。而一旦做得不好，就会变成是不应该的。

当"足够好"必须是一种常态的时候，更多的自卑就不是来自他人，而是来自自己。因为你永远无法躺在过去的成绩上，你必须不断地超越过去。

知道更好的地方在哪，却达不到；无法不断地超越过去，也会带来很深的自卑感、无力感。

这是另一种不幸，因为巅峰也需要天时地利人和，它不是一种能够靠自我努力就能不断复制的成功。

这就像天才型的运动员创造了一个世界纪录以后，所有人的期待都会变成：你再创一个世界纪录，应该并不难。

可如果他不仅没有超越，还倒退的时候，人们不仅无法鼓励，还会嘲笑说："这一定是没努力，这是一种懒惰。"

人不是机器，不断进化并不是一个轻松的目标。

如果人去追求这个目标，就会慢慢活得像一个"工具人"，只允许前进、努力、超越，不允许有情绪、低潮、沮丧、挫败。

可做人的维度那么多，谁又能三百六十度无死角地赢，谁又能永远做那个别人家的孩子呢？

现实中，曾经体验过优越感的人，另一种"自卑"的体现是无法抑制地重复讲述过去的自己有多辉煌。

大学毕业后，我在新闻行业遇到过很多资深的前辈。他们都是纸媒时代的佼佼者，也给过我很多帮助。但当行业变革来临之后，年轻人开始更习惯网络阅读，他们对于新的变化开始有了不同的态度。其中一些前辈对于新的文化潮流颇为积极，经常好奇地问我们：现在年轻人都关心什么，对什么感兴趣？而另一些前辈则完全嗤之以鼻，谈及新生代，多是抨击他们肤浅且浮躁。

十年之后，我发现，他们的状态截然不同了。前者身上一直保持着好奇心，依旧能跟年轻人打成一片，就连外在身形都看不到太多变化。

而后者一直停留在对过去的执着中，不断讲述过去的辉煌故事。第一遍听到的时候，你会发自内心地表达欣赏、震惊；但当听到第二遍、第三遍，甚至发现这似乎就是这个人的常态时，难免让人心生厌倦。我告诫自己——以后千万不能成为这样的前辈。

如今的我也已经历过不少行业的变化，开始理解了他们的失落以及失意。他们并不是失败者，也不是过得糟糕，只是内心无法接受：自己的巅峰时刻真的过去了。

当人体验过巅峰时刻之后，一定会有一种错觉：只要我更努力，我就可以站到更高的位置。

然而，现实中大部分的人，会不断地为此买单，不仅没有走向巅峰，反而不停地抱怨，继而指责：为什么时代要这样抛弃我？

不是他们不够幸运，而是世界变了，但他们努力的模式并没有改变。

如果不能放下这种自卑，接纳人生并没有那么多的巅峰，坦然地追求不一样的人生，反而可能会把已经拥有的都输掉。

一个坦然说出“我早就过气了”的名演员，一定比坚持耍大牌的过气演员更令人欣赏和敬重。

我很喜欢香港女演员惠英红，她在 1982 年就拿到了首届香港金像奖最佳女主角。对她悲苦的童年来说，这绝对是一个高光时刻。然而，身为动作女演员，她却面临无戏可拍的窘境，因为市场开始流行文艺片了。

当时，她并不知道自己得了抑郁症，她在访谈中说：“在那三年里面，我先恨所有人，到后面恨我自己，镜子一看就觉得自己恶心，快要吐，都不想看到自己。那就走吧，我就自杀了，幸运的是家人救我回来。”

被救回后，她努力调整心态。当时的她，已经四十多岁了，对人生的态度完全转变了，演不了少女，那么就演阿姨、妈妈、婆婆，曾经是一号主角，现在当好金牌配角。

2009 年，她凭借一个绝望母亲的形象再次获得金像奖最佳女主角。此时距离她第一次获奖已经过去了二十七年。和她同时代的女星很多已经息影，消失在观众的视野里。但她还是拼在一线，停不下来，她说自己“必须成功”。

没有人是永远的主角，但即便不是主角，就不能追求卓越了吗？

一定要超越所有人，才可以活得自信。这样的自信，是非常脆弱不堪的。因为这意味着，你相信，只有主角才有价值，其他人都不值一提。

人生是一条很长久的赛道，没有人可以一直头顶光环。高光时刻在人生漫长岁月里是屈指可数的，就像城市夜空里的星星一样，微弱而遥远。

只有你相信，无论你站在什么位置，都是有价值的，才是内在更深的自信。

3. 无数次放大过去的创伤

很多在情感中习惯冷暴力的人，都会有一个共同的经历，就是在幼年时期，目睹过父母激烈地争吵、打骂，而他们被关在房间里，或者躲在旁边。在整个过程中，他们感觉害怕、恐惧，整个人好像被冻住，什么也做不了，无力地等待着一切结束。

有过这样经历的人，当他们成年后，一旦意识到对方的情绪失控，或者听到对方有激烈的言辞表达，他们就会再次感受到“僵持、被冻住”，无法开口，无法表达，只有深深的无力感。

但之后，这种无力感又会让他们讨厌自己的懦弱，带来更深的自卑感。

有很多次，我听到他们有相似的表达："为什么那一刻我不能同样狠狠地骂回去呢？""为什么我要站在那里被骂？"

可下一次，他们还是无法动弹，而这种回应，还要被冠上一个"冷暴力"的标签。

心理学研究已经证实，在童年时期，当创伤性事件发生的瞬间，心脏跳速会瞬时翻倍，因为恐惧、害怕、无助等导致身体无法动弹，僵在那里。这种瞬时强烈的创伤，以及之后长期重复创伤场景，都会不断降低自我价值感。

不断地重复创伤中的行为，既加深了创伤，还会让他们更为害怕这样的场景，更加逃避，无法面对和处理这样的境况。

除非成人后的他们经历一些新的体验，疗愈到了这部分创伤，获得了面对和处理的信心和力量。

我自己曾经就是一个只懂得用冷暴力面对情感冲突的人，因为我就是那个在父母吵架时，躲在房间里无法动弹的小孩。

而真正的改变发生，是我意识到，如果我想要转变，那么，我首先要选择不用暴力模式来解决矛盾的人，去选择那些可以温和面对、解决矛盾的人。

这样会获得对的示范，以及更多好的沟通体验，增强自己表达和沟通的自信。

但是大多数人，如果不去看见，这并不是你的性格或者能力的瓶颈，那么，就会选择自我放弃，从而错过了改变的机会。

当人从过去的自我中走出来，重新做出选择，就获得了重塑未来的力量。

除了情感创伤，每个人在过往都曾经历过失败时刻。

比如，很多人成年后还会梦到考试。我的一些读者就告诉我，每当成人后面对巨大压力的时候，就会梦到自己在考场，而且是最害怕的那门功课，有些人会梦到一道题怎么都解不出来，有些人是快要交卷了还有一大半没做完。

而我自己是很容易想到小学时候，有一次每个班都需要选几个节目去全校比赛，当时很多人都推荐了我弹琴，而我不好意思当着全班同学拒绝老师。从那天开始，我就一直焦虑，直到比赛当天。等我上台之后，我脑子一片空白，完全不记得自己弹了什么。

从此之后，我再也不碰琴了，也对上台表演这件事产生了恐惧。

失败时刻，会在之后的未来中，不断地被我们的潜意识重复循环播放，当时的感受会随着时间推移被淡化，但恐惧、焦虑等都会一次次被放大。

每放大一次，内在力量就会被再次削弱，自信就会被再次压缩。

即便这样，人却还是忍不住去回忆，因为人内心难免有个信念：检视和记住过去的错误，有利于我们做得更好。

可事实是，随着时间流逝，整个世界都发生了变化。你变了，事物也发生了改变。

人生并不是考试，没有一模一样的题目，当然就没有一模一样的错误。

考试的成绩，曾经的确对你影响至深，但某一次考试的失败，并不会真的改变你的命运。

真正改变你命运的，是经历失败时刻之后，你相信这是宿命，还是偶然；你决定继续，还是选择放弃。

而不断地咀嚼、放大那些时刻，会让你相信这一切是宿命，也会让你不断选择放弃。

◎ 人们可以通过改变态度来改变生活，这是我们这一代人最伟大的发现。

——威廉姆·詹姆斯

过去对人的正向意义

那么，现在让我们坐上时空穿梭机，回到过去看一看，我们自认为不堪的过去，真的应该被毫不留情地删掉，从此你的人生就完美了，你就拥有更强大的自信了吗？

也许你会看到一个被父母一遍遍责骂的小孩，他低着头在角落里，他没有办法逃跑，在那漫长的几分钟，他很努力地隔离那些字眼，让自己不至于暴怒，于是在这样一次次的训练中，他学会了另一个技能——冷漠，不再需要同理心。

也许你会看到一个想要尝试画画的小孩，却被大人无情地指责这是捣乱、破坏，或被嘲笑那是乱七八糟的、真的太丑了、这些有什么用。当他一次次被问，这有什么用？他学会了另一个方式——做有用的事，做有用的人。

也许你会看到争吵、背叛，那个孩子躲在角落里，被无力感困住，陷在恐惧里，等待着这个过程结束。然后一次次的循环往复之后，他不再相信关系，亦不再奢望爱，于是学会了一种姿态——不去依赖任何人，不靠任何人也能生存下去。

也许你会看到一个被抛弃的孩子，大人们被困在生活里，无力承担，他就像一个无用的包袱，被扔来扔去、推来推去，没有人在乎他的感受。他就如此这般，过早地被推向成人世界，看到了生活的无情无义。于是他学会了自由——无须许可和交代，只要往前努力奔跑，就可以把所有的无情抛到脑后。

如果人能正向地去看待人生发生的一切，就会看到，所有过去的伤痛，都在不断地教会你某些技能、技巧、方法，让你能度过那些时刻，活下来。

这就是为什么，同样出身不好的人，却能呈现出截然不同的人生状态。这跟境遇无关，而是跟他们看待伤痛的模式有关。

我跟很多人都推荐过一本书《佐贺的超级阿嬷》，这本书的内容都来自作者童年跟外婆生活的亲身经历。这位了不起的阿嬷对于贫穷有超级乐观的心态。“家门口有一条河，外婆会在河面上架一根木棍，拦住上游从菜市场漂下来的菜和木片。”对于这样免费的食物和柴火，外婆充满了感恩：“形状难看的萝卜、残缺的蔬菜，煮出来的味道都一样啊。”

“穷有两种：穷得消沉和穷得开朗。我们家是穷得开朗。而且啊，我们跟由富变穷的人不一样，你不用担心，要有自信。因为我们家的祖先世世代代都是穷人。”

因为有着这样的经历，作者岛田洋七后来成了日本喜剧泰斗。超级阿嬷教会他的不仅是生活态度，而是人该如何永远对境遇保持幽默和乐观。

人在伤痛中的成长速度，是惊人的。

一个孩子为了生存下来，不得不放弃、妥协、调整，以适应环境。

这些改变是被迫的，也当然是令人不舒适的，伴随着眼泪和伤痛。但是，如果你想到这些，心中浮起的只是自怜、同情，如“我太惨了”“我太可怜了”等想法，那只是意味着——你想退回无忧无虑的婴儿时代。

如果成人后，时常被自怜的情绪控制，那就是让婴儿心智成功战胜了成年人心智。

在我们的潜意识里，那个内在的孩子始终在那里看着你，你能感受到他的感受，他在不安、害怕、怀疑、否定、恐惧，他期待着能被你看见、抚慰。

可如果你总是为他哭泣，只会让过去的力量更强大，成为一种心魔。情绪就会失控，会很容易否定自己成长中的所得，陷入过去的缺失中。

只有当我们去正视那个孩子，拥抱他，你才有能力去融化他。就像你被爱的人深深抱着的时刻，你会身心合一，你会原谅一切。

过去的一切伤痛，才是今天的你如此强大的真正原因，它应该被允许邀请进来，享有当下的一切拥有、一切荣光，是它的付出、隐忍、舍弃，让你活下来，而且活得更好。

现在的自己和十年前的自己，你更喜欢谁？

内心强大的人，往往会回答：现在的自己。

是的。经由那一切，你已经成为比父母更好的父母。你可以是自己的父亲，也可以是自己的母亲，有更多的爱和力量赋予内心的那个小孩。

温柔而正向地拥抱过去吧。

当你迈出这一步，过去世界的裂痕就此消散。天地不再对抗，日夜不再分裂，你学会了用智慧且温柔的方式，把过去整合到当下的生命里。

◎ **爱自己，是终身浪漫的开始。**

——王尔德

活在当下，到底是什么状态?

我曾问过很多人一个同样的问题，当你跟其他人说话的时候，能够直视对方的眼睛吗?

有一些人说，他们会平视，但是只看眼睛之外的部分；而有一些人是喜欢往下看其他的地方，还有一些人是会看上方，或者他人的头顶。只有很少的人，能够坦然地说，他们更喜欢直视对方的眼睛。

这是一个很有趣的现象。

心理研究发现，不同的眼球方向，意味着人在不同的状态。当人的眼球平视时，是在“内听觉”状态中，会听到自己心里的声音，跟自己内在有很多对话。往下看时，通常是在“内感觉”状态，会更多地在自己的情绪中。而往上看时，会进入到“内视觉”中，会看到过去的画面、情节，或者是勾画未来的画面、情节。

不管是哪一种情况，虽然此时此刻，你跟这个人、这些人同处在一个场景场域里，但实际上，你并不能全然听到他在说什么、做什么、想什么，因为你有更多的注意力，是在自己的感觉、情绪、认知里。

很多情绪容易受他人影响的人，他们跟他人沟通、对话的时候，都有一个习惯，就是眼睛往下看。这不仅会给人很不自信的印象，更重要的是，他们其实一直不停地在自己的情绪中，尤其是面对权威的时候。

为什么直视他人的眼睛，是一种自信的表现？

如果你学习过一些情商课程，你会发现，很多老师都会提到看他人眼睛很重要。

原因很简单。

当你直视对方眼睛的时候，你就在当下。

你既不在自己的过去中，也不会在自己的情绪中，也不会忙着评判，忙着跟自己对话。你只是去看见对方，关注他在说什么、做什么，以及能够及时地给予回应。

在我所学习过的很多课程中，最顶尖的老师，都有一个特别棒的品质——即便是一两百人的大课堂，每一个学生都能感受到，老师的眼睛在你的身上，你们之间有眼神的交流，她的每一句话都似乎是关注着你在做。

这种状态，被称为“临在”。

临在（presence），指与其他存在物“在一起”的实在性及不同深度。

当你是“临在”状态，你就会始终带着觉察力，安住于当下，既不在过去，也不在未来，只是在此刻，看见、感受着一切发生。

你的心始终“在场”，不是心不在焉的，不是回避的，不是忙着担忧未来，也不是活在过往的恐惧中。你不会去评判、比较、挑剔，你的脑子不需要去计算和设计。

当你在“临在”状态里，你一定是非常自信的，因为你不会产生自卑、自傲等情绪。

这样似乎听起来高深莫测，那么，我们就来听听两个不同的故事。

情形A：你在聚会场合，当天有很多女孩子在场，从进门那一刻，你就忙着在看：噢，这个女孩子穿得好美。天哪，那个女孩子身材也太好了吧。再低头看看自己，身材普通，衣着普通，本来精心打扮获得的一点自信，瞬间被碾压。此时，你喜欢的男孩子来找你说话，你的心思根本不在他身上，你忙着告诉自己——在场这么多女孩子，他怎么会喜欢我呢？他应该去找谁谁聊天才对吧。我还是找个借口，赶紧走吧。

情形B：你在工作场合，跟客户讲着最新的方案，这是你们部门熬了几个晚上的心血，讲到精彩处，忍不住神采飞扬、自信满满，全然忘记了几天没睡好的疲惫和脸上的黑眼圈。当你顺利拿下客户，一切结束的时候，收到一条信息，来自你喜欢许久的同事：你今天真的是太美了，晚上有空吗？那一刻，你会发现，过去的忐忑一扫而光，你就是值得拥有很棒的爱情。

同样的一个女孩，在B场合里，她显然是"临在"的，在临在状态里，她忽视了自己身上所有不够好的地方，只是去做应该做的事，向在场的所有人展示出足够的专业。而在A场合里，她是完全不"临在"的，她在比较、评判、挑剔中，全然看不见自己的优点，也没有心思去展示自己的任何美好。

问一问自己，生活中，你有多少时刻是可以活在当下的，是临在状态里的呢？

可以去认真地觉察一下，当你在临在状态里的时候，是否会更加自信，是否会少了很多烦恼？

还可以去看一看，一天二十四小时里面，你有多少心力，是活在过去的伤痛里，有多少时间是在担忧未来，又有多少时间是真正处在当下的人和事里？

有很多年轻人，当他们看到成功人士的时间作息表时，都会忍不住惊叹：他们一天为什么可以做这么多事，见这么多人，去这么多地方？

诚然，有一个不可忽略的事实是，他们背后有助理、有专业的团队，但这些并不是他们一整天都能保持神采奕奕的原因。

真正的原因就是，他们特别擅长在临在状态里，因为他们习惯了在听汇报的时候快速做决定，他们非常擅长在极短时间内获得信任和支持，即便是在陌生场合、陌生地域，他们也能保持自我的良好状态。

而这些，会让他们在做这一切事情的时候，内耗极少。

当然，人不是机器，每个人都会有状态不佳的时候，有低谷的时候，越是这种时刻，反而越容易做出错误决定，遇到更多的阻碍和限制，因为挫败感会让人失去临在状态。

与其说，人都渴望追求自信的状态，不如说，人都渴望在当下的每一刻，自我感觉良好。

你越多地在“当下”，越多地“临在”，你才能发挥出自己真正的水平和实力。

如果你想更多地观察什么是“临在”状态，不妨去看看顶级运动员的比赛。

那些世界顶级的运动员，未必是日常成绩最佳的运动员，甚至曾经有人说过一句话：××冠军，日常打球，未必打得赢她的陪练。

可为什么这些人能成为赛场上的冠军？甚至有些运动员，能在赛场上发挥出超出平时最佳成绩的水平？因为他们在当下，非常非常专注，内心的杂念很少。

很多教练，甚至是赛场解说，一看运动员的状态，就知道今天他/她能不能夺冠。原因很简单，自信这种能量就是写在脸上的，如果这个人神情恍惚、飘忽不定，身体僵硬紧绷，那么，他一定会不断地失分。但如果这个人目光如炬，却姿态放松，所有外面的声音都无法干扰他，他就是在“赢”的状态里。

比赛现场，是最考验人是否能活在当下的场域。

因为，不管你日常是怎样地拼尽全力，这一刻，就是一秒定输赢，无法重来的。

想要做冠军，最大的敌人不是对手，而是自己，是自己的心。

所谓活在当下，就是去看见——你不能决定事情的发生，但你可以决定如何面对发生。

◎ 自信是英雄主义的本质。

——大仲马

你的未来是你自己塑造的

1. 你相信什么，就会不断看见什么

我一个朋友是个很好看的姑娘，她身边从来不缺追求者。恋情的起初，她都是高冷的公主，不断用冷漠和傲慢考验对方的真心，对方通过考验以后，很快她就开始习惯依赖，然后到卑微、讨好、无底线地付出。

从她青春期之后的每一次恋爱，都逃不开这个模式，她觉得自己掉到了一个“怪圈”里。每一次，她都以为这些人既然能忍受她这么久的冷落，一定是真心实意对她的，她不明白，为什么她的真心总是被错付。

她看不见的一个事实是，在她的内心，其实一直只相信一件事：我迟早是会被抛弃的，就像爸爸抛弃妈妈一样。

不管是被追求，还是热恋，当对方做到了，她就会无形中提高期待，然后一定会失望。但是，当对方没做到，她就会认为：这是抛弃的前兆，于是委屈、愤怒、绝望不可抑制地淹没了她，导致情绪失控，关系破裂。而对方也无法理解，为什么一些小事就能导致她如此愤怒，只是一次不接电话就能让她情绪失控，时间久了，也不再有耐心去维系这段关系。

她自己也在期待、失望、愤怒、懊悔、自责的怪圈之中循环往复，走不出来。

我问过她，你内心有真正享受过爱情带来的美好吗？在过往的岁月中，哪怕有一次，在得到的时候，没有担心过会失去吗？

她听到这两个问题，突然就泪如雨下。

如果我们在开始的时候，头脑里就相信我不够好，我一定会失去，那么，之后的种种努力，或早或晚，都只会让失去变成一个事实。

区别只是，有的人坚持得久一点，有的人放弃得早一点而已。

心理学上有一个投射效应，人会把自己的感情、意志、特性投射到他人身上，看不到真实存在发生的事实是什么。

有一个简单的例子就是，老年人总是会给孩子穿更多衣服，即便孩子明确表示不冷，她们依然执着地给他们穿更厚的衣服，因为她们对天气的感知是不一样的。有一种冷，是“奶奶觉得你冷”。

同样的投射，会发生在我们的各种关系中。

如果你认为老师喜欢你，你就会更加努力地学习，把老师普通的评价也当成鼓励和赞赏。反之，如果你认为老师讨厌你，你就会觉得老师处处否定你，把老师的教育当成轻视和打压。

当你喜欢一个人的时候，看哪里都是顺眼的、可爱的、有趣的；当你不再那么喜欢这个人的时候，他突然就变得满身都是缺点、毛病。

如果你相信自己是一个被人喜欢、受欢迎的人，那么你很容易就能发现他人喜欢你的表现，并且在陌生场合交到新的朋友。

如果你相信自己是一个不容易受欢迎、很难交到朋友的人，那么你很容易就能发现他人讨厌你的表现，并且同样展现出对他人的讨厌。

还有另一种投射就是，当你觉得状态好、运气好的时候，好像好运和好事就会越来越多；当你觉得状态差、运气差的时候，就真的会感觉到处都是糟糕的人和事。

久而久之，投射就形成每个人的一种模式，如同长在身上的皮肤一般，被你每天携带着。而这一切，你都是无意识的，你甚至可能都不会去探究那背后真实发生的是什么。

你觉得对你讲话不客气的那个人，他是真的讨厌你、针对你吗？还是他自己的情绪问题？

你觉得满身都是缺点的那个人，为什么分手以后，你又无数次回忆起他的好处？

到底是你不懂得和人相处，还是因为没人教过你，而你也并没有好好去学习、实践如何与人相处？

其实，后面的那个部分往往才是真实的。

前面的那部分，是我们以为真实的，毫不怀疑的，但它其实只是潜意识的投射。投射，会造成心理暗示，我们会因此而做出决定和选择。而那些最终成了未来，成了结果。

过去形成了我们的模式，当下成了我们的选择。

而未来，它从来不是凭空出现，它是由过去和当下而来。

更准确地说，未来是因你的信念而来，你相信什么，你就会看见什么。

2. 未来，来自你的想象

每个人的一生都会有一些很重要的高光时刻。作为这些时刻的见证者，一些朋友会跟我说同样的一句话："这个场景，好像是在梦里发生过的。我曾无数次想象过今天的样子，就是现在这样。"

用四个字来表达这种感受，就是梦想成真。

所有人都会爱这四个字，在当年还流行贺卡的时代，我也曾给很多人写过这四个字。

一旦人曾体验过心想事成、梦想成真的感觉就会对自我、对未来产生极大的自信，从而产生非常强的心理暗示——只要我想要，只要我足够努力，我就可以拥有。

这其实就是人关于自信最核心的部分之一。

当我们跟一个人恋爱的时候，最美好的时刻，莫过于在良辰美景之下，两人一起畅想未来。但如果，这只是一个虚伪的技巧，又或者并不是双向奔赴的时刻，那么，这段恋情的结局，一定只会是分手。

原因很简单，因为你们彼此最终想去的地方并不一样。

当女孩沉醉在对于未来的想象中时，在那个粉红泡泡滤镜之下，可能并没有注意到对方的沉默、走神，顾左右而言他，甚至逃避。

但此后不断发生的事实，一定会让这个女孩清醒过来。因为不相信这个未来故事的主人公，一定会用实际行动，让你看见：他不相信，他并不想去，他也并不想为此竭尽全力。

不相信未来、恐惧未来的人，一定是虚弱的。他们没有能力构建亲密关系，也很难在当下全力以赴。

很多人问过我一个问题，你如何知道，眼前这个人是不是对的那个爱人？

曾经，我也会说用性格、三观、背景等来考量。但现在，我觉得最简单的一个办法，就是和他聊一聊未来。

很多人会误以为，聊过去才能更好地了解一个人，但过去有同样相似经历和背景的人，却可以活出大相径庭、天壤之别的模样。

因为过去不过是一个土壤，并不能看见这颗种子真正的内核是什么？想要看见这颗种子到底会成为什么样子，更需要看到他关于未来的想象是什么。

如果这颗种子总是活在对于未来的恐惧中，那么毫无疑问，他一定会看见很多的限制和约束，他会活得小心翼翼、捉襟见肘，而且他一定会有无数的理由来解释：为什么我不行？

如果这颗种子总是活在对于未来的期待中，那么无可置疑，他一定会看到更多的机会和空间，他会尽可能地去尝试、伸展、转变，而且他一定会擅于发问：我该怎么样才行？

当然，更多数的人，既不在百分百的恐惧中，也不在百分百的期待中，而是在这其中动荡不安、上上下下，一边期待，一边恐惧。

当你足够敏锐的时候，你会看见，这两种力量在内心经常不断地博弈，试图说服另一方去放弃。

当你状态足够好、能量足够强大的时候，期待会占上风。但当你状态不够好、能量虚弱的时候，恐惧会将期待牢牢压住，无法翻身。

而这也是为什么，我们需要不断去学习、强化自信力的原因。

因为外在的环境，永远是不受我们控制的，就如天气一样。

当你内在自信的时候，你看到起风了，你会嗅到风里带来的很多信息，你可以如鸟一般，渐渐学习到御风而行，朝着更有利的方向去生长。

当你内在不自信的时候，你看到起风了，你只会蜷缩、内陷，把自己关闭起来，害怕被风吹倒、吹散，而失去了无数次可以更强健生长的机会。

假若一颗种子从来没有想象过，自己会成长为参天大树，那么，很抱歉，它一定不可以。

在顶级运动员的训练中，有一项特别的训练，就是想象训练。

美国某位著名的奥运会跳高运动员，他在比赛开始前，会站在助跑的起点标记上一动也不动，一副旁若无人的模样。周围的观众不理解，为什么他还不起跑？这个时间越久，观众也就越焦急。

他站在那里，到底在干什么？

他在脑海中不断地想象、演练，用什么样的身姿角度，可以漂亮地越过这道横杆。

如果在他的想象中失败了，他并不会放弃，而是尝试更多的想象演练，直到他确认可以顺利越过横杆，他才会真正开始起跑。这就是他无数次超越自我纪录的秘籍。

而另一个相反的事例是，在一次接力棒比赛时，前面一组有一队的棒子掉在了地上，他们最终遗憾落败了。等到我这一组时，我是最后一棒，每一次当我看见棒子被交接的时候，我都在担心那个棒子会掉在地上。一次、两次、三次，我感觉到自己的身体越来越紧张、焦虑，等到那个棒子交到我这里的时候，我大脑一片空白，伸手出去的时候，那个棒子就真的掉在了地上。

人类的虚拟科技发展得越迅猛，就越会发现一个事实：仅凭想象，就已经足够调动大脑、神经、肌肉。

很多人可能都有过这样的经历，去探望过重症病人、癌症病人之后，内心深处会涌起对死亡深深的恐惧，然后开始怀疑自己的身体，放大自己身体的问题，那几天就会真的感受到虚弱、无力，离死亡很近，甚至真的会生病。

未来，就如那根横竿一样，在你无数次的练习之后，当你的身体、肌肉、意识已经准备好，你需要做的就是，大量正向的想象演练，然后行动，让想象成为事实。

3. 学会拒绝那些担忧和恐惧

当你经常跟怀疑、担忧、恐惧等情绪在一起，这些负面情绪就会让你开始想象更多糟糕的画面，假想更多无法处理的局面。

比如我的一个读者，她说自己近期开始讨厌自己的工作，原因并不是工作本身的问题，而是她跟领导发生了矛盾，于是她开始放大对方的每一个眼神、每一句话，认定他已经变成了一个愚蠢、无能的领导，这个公司迟早会走入绝境。那段时间，她只要一进办公室，就无法控制地开始头疼、胸闷、呼吸困难。

我引导她回望过去那些他们携手并肩的信任时刻，她才意识到，这种放大并不来自当下的这个矛盾，而是因为她高傲地认为自己付出了很多努力，却没有被看见，她内心的不甘，让她开始一步步否定、厌恶对方。

当她带着感恩去和对方沟通，对方却告诉她：长久以来，她只是在努力地做事，却回避沟通，一遇到矛盾，就变成了一个刺猬。而他一次次的调和、平衡，却被她当成了无能。

当她意识到对方并不像她想象的那么愚蠢时，她才意识到了事情一点也不糟糕，矛盾一点也不深重，她也并没有生病。只是她内在太需要被认可、被看见，却又习惯高傲地否定他人。陷在其中，看不见别人对自己的包容和理解，总觉得自己没有被公平对待。

人的身体并不是完全被事实所左右的，而是极大地被感知所影响、控制。

去问一问自己，你花了多少时间在担忧未来，而这其中又有多少是不可能发生，并且确实从没有在你身上发生过的事情呢？

想一想，每当一件事、一段关系落到你身上时，你有多少心力用来期待好事发生，又有多少心力是在不断假想着坏事会发生。

有很多人，他们的想象力，并没有用在对的、好的能量上，而是日日与糟糕的、可怕的、悲惨的事情在一起，想象这些事可能会发生在自己和家人身上，却并没有意识到，这也许不会带来真正的厄运，但却一直在阻挡他们拥有更好、更自信的生活。

在我的家族中，女性普遍比男性要更为长寿。而男性的一个共同特点是，他们特别喜欢关注、传播、评论负面新闻，今天看到一个关于边界冲突的新闻，马上将链接发到家人群里，甚至提醒我们，可以适当囤积一些生活必需品。

似乎他们对于家人的价值，就是不断地提醒坏事即将发生，也不会去分辨这些事到底有无可信度。他们也不热爱出门，跟钱的关系也更为糟糕，无法接受任何风险，总是对于他人的投资行为抱有否定和怀疑，也很难接纳新鲜事物。

在身体上共同的毛病就是心脏不好，即便并不肥胖，却都有高血压的问题。

反观家族中的女性，她们已经对他们的这些行为司空见惯、不为所动，照例按部就班过好自己的生活，反而心态年轻，很容易就接纳新的事物，依然保持着对世界的好奇心，更为健康和长寿。

而对于我来说，学会的最重要的一个技能就是，当听到他们传递这些负能量新闻的时候，马上走开，不参与任何讨论。而且，我会明确表达拒绝：抱歉，我不想看到、听到这些内容，也不想花时间假想这些事会落到家人身上。

然而现实中，这样的人很容易就吸引到同类，或者影响到身边人，扩散出大量负面情绪。

必要的担忧令人清醒。过度的担忧却一定会令人虚弱。

更多时候，习惯过度担忧的人，总认为他们的谨慎、保守是一种美德，却不知，物极必反，这种习惯也在不断告诉自己，说服自己，“有这么多原因和理由，所以我不行”。

自信的人会抱最坏的打算，但一定会做最好的选择，怀最好的期望。

从今天开始，最重要的一件事就是当你想到未来的时候，去想象那些令人心生希望、自信的画面，细节越丰富越细致越好，去明确你想要过怎样的人生，哪些才是你真正想要，并且愿意全力以赴的。

当你越来越多地与你真正想要的未来产生联结，你的大脑才会自动地忙起来，开始去思考——从当下开始，我该怎么做才能达成想要的人生？

◎ 无论你认为自己行还是不行，你的看法都会变成现实。

——亨利·福特

Chapter 3

如何练习自信

你真的想要更自信吗？

每当我问出这个问题的时候，很多人都要诧异一下。想要变得更自信，难道还需要做出决定吗？

人们都以为自己想要活得更自信。但事实上，很多人虽然因不自信而痛苦，但他们内在的潜意识并不想要变得更自信。

因为，无论是自信还是自卑，都能引起他人的关注，脱离“普通”的状态，成为“特别的存在”。

比如一个习惯在亲密关系中用自卑、脆弱吸引他人关注的成年人，他们的内心并不想要长大，而是认定“婴儿”心智才是一种被爱和幸福。

我一位多年的读者，父母早年离异，之后各自组建了家庭。成人后，她嫁给了父母都反对的男人，并且毫无意外地过上了艰辛、动荡的婚姻生活。人到中年以后，不堪重负的她，不可避免地请求父母的援助，但内在又无比讨厌自己的依赖，以及憎恨父母对她的否定。

她脑海中总有一个声音：“如果不是因为你们婚姻失败，我就会像其他人那样过上健全而富足的生活，而不至于过上这么辛苦的人生。”

另一个声音是："即便我穷到要乞讨，我也不会求到我爸妈门前，他们本来就不爱我，早就放弃我了。"

这两个声音都不是真实的，都是那个脆弱的孩子对过往人生狭隘而偏执的解读。

她真正不能面对的其实是：她的叛逆带来如此沉重的后果，而她没有能力负责。

表面上，她摆出来的姿态是"不要理我"，但更深层的渴望是以这种姿态让父母关注她、向她妥协，让他们展现愧疚和悔恨。

我问她："你把自己弄得如此狼狈，只为了看到他们同时愧疚地出现在你面前的时候，开心吗？"

她没有说话，随后泪如雨下，这是她潜意识不愿意让自己活得更好的真实理由：如果她活得很好，如果她自食其力，她内心认定，那一天父母就会放心去过自己的日子了，不再记得她，不再爱她。

拿自己的人生、婚姻为赌注，找无数的借口和理由拒绝长大，只是因为内在深层地相信——只有这样做，我才可以继续把他们绑定在我这里。而这都是因为，在她的少年时期，只有当她犯错、出事、不乖的时候，父母才会出现，才会看见她，才会流露出愧疚。

我们的潜意识比我们想象中的要强大许多，潜意识的信念才是真正控制命运的根由。

唯有真的相信，决定长大，决定负责才可以让我圆满，这是我拥有爱和自信更好的路，才能放下自我折磨。

当我们对生活、对自己不够满意的时候，相互吐槽一切，看看谁过得更惨，结果发现，其实我并没有那么糟，其他人比我更糟呢。这种习惯，在当下短时间内也是能产生满足感的。

一个被困于"比较"心态的姑娘，无数次想要放弃去和他人比较，却总会被打回原形。她问我：“有什么办法，能让我更关注自己，不去跟他人比较吗？我真的已经很厌烦这样了，可又总是忍不住。”

我问她：“谁是家里那个最爱比较的人呢？”

她回答说：“爸爸，而且他自我感觉良好，总是跟不如自己的人比，但却总是觉得我哪儿哪儿都不如别人家的孩子。”

这真是一个糟糕的传承。一个通过比较获得优越感的父亲，内在其实深深地知道，有很多人比自己更好。但无法自我面对的这个部分，却要让孩子来满足。“我可以不如别人，但你不行，你必须要足够好，来让我感觉更好。”

这样奇怪的逻辑在中国的父母中普遍存在。孩子的努力在他们眼里永远都是不足够的，因为他们尝到了甜头，通过比较，轻易地维持着身为父母的权威，就不用去面对孩子对他们的质疑。

诚然，比较，有时候会带来优越感，但更多时候带来的是深深的挫败感和无力感。

孩子总会长大，糟糕的传承就会带来糟糕的关系。这样的孩子有任何坏事都不会跟父母说一个字，无比害怕他人会看穿自己的弱点和缺陷。

不是她无法放下比较，而是她的父亲不愿意放下比较。

只有当她能看见，她已然是和他完全平等的成年人，有自己的自由选择自己的人生，才能意识到——比较也许能让我看起来变得更好，但我不喜欢，我不乐意了，我有比你更好的方式去活。

人为什么不能变得更自信？因为，自卑也是有用的，是有价值的，是令小我“舒适”的。正如我在书的前面所写，自卑确实是一种进步的动力，能让人有强劲动力去超越，只是为什么不可以放下一些负荷，轻装上阵呢？

如果我们看不见，自信是一种更成熟的选择，能带来更健康、更深远的关系，那么，自卑就会成为一个强大的“舒适区”，待在里面的时候并不愿出来，一旦遭遇挫败，就立马躲到这个舒适区里，不想关心任何人和事。

自卑也是一种能让人和人产生联结的方式，但这就像喜欢一起吐槽的朋友很难开心地走到最后一样，迟早有一天，自卑会让关系捆绑、变形、互相厌恶。

所以，要成为一个更自信的人，是想要对自己人生更加负责的一个决定。

这意味着，你决定要更加勇敢，活得更像自己，即便真实地表达自己，会让你被拒绝和被忽略。

这意味着，你决定更深地探究自己，去接纳那些不想面对的自己，更为温柔和慈悲地对待自己。

这意味着，你决定放下过高的期待和渴望，去看到不是因为你不够好，而是他人不可能做到。

这意味着，你决定在此后的人生里，用崭新的视角回望过去，过好当下，以及拥抱未来。

决定要更加自信，不是抛弃自卑，不是否定过去的自己，否定已完成的一切，而是即便有很多的木已成舟，依然相信，我也可以有很多的选择，我可以活得更轻松、更自在。

当你真正发自内心地做出这个决定的时候，就去深深地拥抱自己吧，感谢身体和头脑，在过往为你做过的所有努力，因为一切的委屈、愤怒、不甘，它们都一并感同身受，一并接纳和吸收，只是束手无策，因为它们还不懂更智慧地去对待和处理那些。

没有人，比你自己更懂你自己因此所受的苦。

而从此，你要做那个愿度自己、能度自己的人了，无须再等待谁的恩赐和施舍。

◎ 发明家全靠一股了不起的信心支持，才有勇气在不可知的天地中前行。

——巴尔扎克

练习和父母的模式解离

对于很多孩子来说，原生家庭就是自卑感体验的源头。

当一个孩子摔坏了玩具，养育者的不同反应，会让这个孩子产生截然不同的脑回路。

如果大人毫不关心结果，马上说“坏了就坏了吧，再给你买一个新的”，意味着孩子完全无须对做错事负责，反而因此获得新的玩具——这种纵容看起来是宠爱，但其实对孩子的力量是一种削弱。

过度纵容，会让孩子误以为自己是世界的中心，所有人都应该关注他、原谅他，总会有人来为他的行为负责、买单。

可没有人能够成为世界的中心，当他离开原生家庭的庇护，就会遭遇深深的失落，却没有足够的能力为自己的行为负责。看起来自傲无比，内在却对自己的能力感到“自卑”。

如果不管孩子做了好事还是坏事，大人都漠不关心，这种看起来的“放养”，的确能让孩子更早地习惯独立。但在淡漠的家庭关系中长大的孩子，不太能及时感受到别人的情绪，会看起来冷漠，缺乏同理心，不知道怎么走进别人的心里，也不懂如何敞开自己的内心。

过度忽视，会让孩子误以为世界就是如此冷漠，没有人会真的关心他人的存在。爱和被爱，对他们来说都是困难的，在关系中总会有一种使不上劲的无力感，体验到“爱无能”的自卑。

如果孩子不小心做错了一点事情，大人就经常打骂他，孩子会因此变得胆小、怯懦，做事情犹豫不决，害怕受到惩罚。他们成人后，一旦面对类似“家长”身份的权威，就会忍不住缩起来，无法正常行动，唯恐出错，也不敢去表达要求和想法。

过度惩罚，容易让孩子放大行为的过错，不敢相信自己能被接纳、包容。这会带来很深的“受害者”心理，面对权威就会容易产生自卑感，限制住他们向上的动力和发展。

然而，现实中，人们会以为，被纵容的孩子看起来更为“自信”，被忽视的孩子看起来更为“高冷”，而第三种才是所谓的“自卑”。

事实上，纵容往往带来自大，忽视往往带来自负，这三种只是自卑感不同的面相，也是看待世界的三个不同的“眼镜”和“滤镜”。

更难的是，有些家庭的行为准则非常混乱，对孩子时而纵容，时而惩罚，有时又忽视，这就造成了内在人格的混乱和矛盾。

我自己从青春期开始，就发现自己一方面特别骄傲，一方面又特别自卑。

原因就在于我的母亲，她只关心我的学业，要求特别高，一旦没有达到要求就过度惩罚。可是对其他方面，比如我的情绪、我和同学的关系、我的兴趣爱好，这些她几乎统统忽视。

当我成人之后，我才深刻意识到：不是你做事比他人都好，就会有更好的结果、更深的自信。因为要做事，就必须要跟人打交道。如果你做人没有自信，只有做事的自信，只会增加愤怒和指责，认为世界不公平。

当我们看见自卑的根源所在，就已经开始在和父母的模式分离。

成人之后，每个人最大的功课，就是跟父母解离。

长大之后，我们很容易理解到，父母并不是全世界，原生家庭也不是一切。可当有些语言被重复了一百遍以后，那些句子就成了你的信念，被刻在了脑子里。

这就像父母用自己的想法打造了一个框，而你的内在自我，就被牢牢钉在了这个框子里。

当你经历了更多以后，你成长了，有些边框因为努力被打破了，但那些印迹还留在心里，时不时就会隐隐作痛。而那些更深更牢固的边框，却依然死死地钉在那里，你虽然感到痛，却不知道怎么样才可以改变。

当你脑子里时常冒出某个声音的时候：

你怎么这么笨？

你怎么做什么都做不好？

我看你努力也没用，就这个命！

你看××家的孩子，再看看你自己，你就不能学一下别人吗？

首先要分辨，这到底是来自谁的评价，是爸爸的，妈妈的，还是家里其他人的？

他们到底是对你不满意，还是对自己不满意？

这是真实的评价吗？

当我们懂得去质疑、分辨、确认这些声音，解离就发生了。解开这些缠绕的线绳，你就走向了自我松绑。

是的，你并不笨，你也并不懒，只是父母不够聪明而已。

我常常遇到读者向我倾诉，不管做得再好、再多，父母永远都吝啬一句认可和夸奖，而且他们总是能不断地找到和提出新的缺点和问题，永不满意，永远无法被讨好。

这样的父母会误认为，指出缺点和问题，就能让孩子变得更好、更优秀，而这就是他们能给孩子提供的最大价值。

他们并不知道，这种不断放大缺点的行为，最终导致的结果并不是更优秀，而是常年被疲惫、无力、愤怒、焦虑等情绪困扰。

还有一些人的困境是，无论他们做出了多少努力，父母都一副看不起的样子，劝他们别努力了，早点认命吧，那种一眼望到头的生活多安稳啊，大家不都是这样过的吗？

从不施加压力、漠视努力和进步的父母，源自他们不敢追求与众不同，不敢追求更好的生活。这种对子女的轻视，会让孩子觉得人生没有什么意义，遇到挫败就容易逃避和躲藏。

其实，你并不需要向父母证明什么。不够自信的父母，很难给予孩子接纳和认可。

当一个成年人拥有了脱离父母生活的能力，本质上就意味着：你已经走上了自己的路，一条注定跟父母截然不同的道路。

时代不同，个体不同，环境不同，这些深深的代沟，注定了父母不可能理解你的行为和选择。

如果还要背着他们的模式，去走不一样的路，那一定是沉重而压抑的。

当想要脱离掉这些的时候，一定会有一些害怕：那我还是我吗？这似乎变得不像我了。

走出舒适区，是一场冒险。

更深的自信，会因此而产生，因为你不再感觉没有选择，没有能力，没有办法。

分离，走出去，就是新的选择，新的体验，新的办法。

十个跟父母模式解离的小方法：

1. 把那些让你感觉到更自信、更有力量的语言，设置在日常可以经常看到的地方，比如设为手机屏保、写在笔记本首页、贴在房间墙壁上。旧的语言催眠，需要被新的替代。当新的语言被重复得足够多，你就有了新的模式。

2. 重新回望整理你的过去，把你能回忆起的所有进步、成长写下来。设定一个计划，每天记录一到三个自己喜欢、认可的部分。

3. 对那些曾经对你表达过欣赏、支持的人表示感恩。不要觉得，只有行为上、物质上的感谢，超越语言。你不说出来，别人未必知道。真诚地表达感恩，才是对彼此心灵的滋养。只想用行为和物质感谢，很多时候是因为觉得自己配不上别人的付出和认可。

4. 远离否定你的人，多跟认可你的人在一起。总是想着要跟看不起你的人去证明什么，只会把更多时间和心力花在愤怒上。因为“看不起”，就是某些人控制他人的模式而已。

5. 当你的情绪陷在小时候的某个记忆里的时候，意识到那只是“小时候的你”，并不是现在的你。你早就不是那个孤独、脆弱、无助的孩子了，你已经拥有了更多的能力。可以在家中放置当下最喜欢的一张照片，多跟当下最有力量、最自信的自己在一起。去看到，现在的你，已经不需要父母了，你自己就有能力去安慰、安抚过去的那个你。

6. 如果跟父母 / 家族的高密度来往让你不舒适，可以提出拒绝，主动减少负面联系。或者当他们在电话里说话的时候，选择静音屏蔽，他们有权利表达自己，而你也有权利不让这些声音进入你的大脑。

7. 交一些有智慧的忘年交朋友。人很容易在年长的人身上复制跟父母的相处模式，但有智慧的人是不会“老”的，他们会让你看见，你其实有更多的成长空间。

8. 不要害怕做家族中的异类，这不是你的错，这只是意味着，你跟他们想的不一样而已。建立你自己的朋友圈子，他们能比家人给你更多的安全感。

9. 找个时间跟过去的自己告别。不要去可怜、同情过去的自己，这样只会让自己纠缠在过去的记忆里。去深深感恩过去的自己，因为他的努力，你才能活到现在。过去的他没有那么多选择，这并不意味着，现在的你、未来的你，也没有选择。

10. 当你觉得足够有力量了，当你对此刻足够感恩了，你就已经准备好了，能够在心里与父母和解。与父母的和解，不是来自原谅，而是你开始喜欢现在的自己。

对自己的生命越认可，对父母的宽容度就越高。因为，是他们给予了你生命。也许他们不懂得如何养育生命，那只是因为，他们的父母，也没有给过他们对的爱。

◎ 理想的幸福的家庭既不遥远，也不会自天而降。它应靠自己的力量去求得，靠全家人齐心协力去建立。

——池田大作

重塑你的身体姿势

1. 仔细观察，你的眼睛、表情像谁呢？

仔细看婴儿，你会发现他们除了睡着的时间以外，眼睛都在不停地观察。有经验的养育者很快就会发现，当婴儿感到烦躁，或者哭闹的时候，把他们换到一个新鲜、陌生的环境，尤其是颜色丰富的地方，他们很快就会安静下来，因为他们被新的地方吸引，正忙着观察呢。

不仅是对周围环境有无穷的好奇心，婴儿对人脸尤其着迷。当父母抱着婴儿的时候，他们会直视你的眼睛，并模仿你的表情。

婴儿不像成年人，他们从不逃避任何眼神对视，并且对此也不会展示任何的不自信。当婴儿还不会说话的时候，他们都是直视他人眼睛的，并且已经可以用眼神、表情表达很多的信息和内容，而这也是很多妈妈乐此不疲的一种对话。

婴儿喜欢你对着他们做鬼脸，因为这看起来非常新鲜、有趣。但当大人不开心的时候，婴儿也能很快感知到这些情绪，他们会扭动、别过头，表达出抗拒、不安。

有一种说法是，谁带孩子比较多，孩子就会更像谁。

这并不只是一种经验，人的大脑有一个“镜像神经”系统，婴儿天生就有超强的模仿力。

孩子生下来的样子，跟他们出生几个月以后的模样，确实会有差别。而他们的细微表情、语言表达，甚至肢体动作，在他们更大一点以后，会极其类似于父母或养育者。

这就是为什么同一个家庭的人，虽然有些五官不太相似，但气质上总有一些近似的地方。这种近似，更多地来自习惯性的微表情、身体姿势。

如果人并无意识去刻意训练、改变自己的表情和身体姿势，那么你就会无意识地越来越像父母的某些样子，就像你的孩子无意识地越来越像你一样。

自信的微表情，第一个特征就是，你是否敢直视对方的眼睛？

很多人不仅不敢放松地直视他人，可能连好好直视镜子里的自己都做不到。

我给过很多人一个建议，每天晚上，花几分钟时间，好好看看镜子里的自己。温柔地、自在地去看看自己好的部分，而不是去检视缺点。当然，如果你愿意为此努力，请一定要换一面好的镜子，并且安装暖色调灯光的镜前灯。

眼睛是心灵的窗户，这句话其实有两个层面。

第一个层面，眼睛会展现出你真实的情绪、真实的内心状态。

第二个层面，眼睛看到的镜像，会印刻到脑子里，也会影响到我们的内心。

所以，想要拥有一双自信的眼睛，也是一样在两个层面。

第一，多去看一些滋养自己内在的东西。看美好的书、美好的电影、美好的风景、美好的人，久而久之，你的眼神自然就会变得更加美好、有质感、有内容。

很多人问过我，为什么你的眼睛很清亮干净，有什么保养秘方吗？事实上，搽眼霜，并不能保养到眼睛。我从来相信一点，给眼睛最好的滋养，就是让自己习惯看美的东西，不习惯看丑的东西。

我日常的一大爱好，就是观看周围的植物、天空。对我来说，最好的放松，就是去有风景的地方待一会儿。只要眼睛是享受的，身心就是放松的。我喜欢看美的电影、美的书、美的衣服、美的艺术品、美的照片、美的宝石、美的建筑……当我凝视它们的时候，身心就是愉悦的。

当你是放松、愉悦的时候，你的眼神一定是自信的。

有很多人可能会说，这些都需要钱。

最贵的从来不是钱，最贵的是认知和习惯。

为什么同样的手机，看到的是不同的内容，区别并不在于手机的价钱，而是认知和习惯。

这些其实都是你可以去选择的。

第二，学会以婴儿的方式，只是带着好奇心去观察。在好奇心中，你会看到很多日常并不会注意到的细节，而这些细节往往足够带来巨大的改变。

如果你没有好奇心地向外看，那么，一旦当眼睛向内看，你就会跟自己的羞愧、担忧、害怕、评判在一起，你的眼神就会开始逃避、躲闪、游离。在那种状态下，你既看不见真实的自己，也无法看见他人。

有一位读者曾跟我抱怨说，自己的大女儿没有小女儿听话，而她总是忍不住冲大女儿发火，有时候还会打骂。对此，她很内疚，但她很难停止，因为那些时刻，她感觉自己无法控制，完全复刻着记忆中她的妈妈打骂她的样子。

我问了她一个问题："你现在想一想，你还记得当你打骂孩子的时候，孩子她是什么表情吗？"

她愣了一下，她以为我要说很多的道理来说服她，或者指责她。之后，她说，她完全不记得当时孩子是什么样子，她只有声音的记忆，但是越听到她哭闹，她越烦躁，情绪更加失控。

我又问她，在你的小女儿出生以后，你有多久，没有好好看过大的那个孩子了呢？有多久，没有好好看着她的眼睛抱过她了呢？

那一刻，她哭了。那个问题，就是她小的时候，她想问妈妈的问题。但是当年的她不敢问。而长大后的她，早就忘记了。

不是小女儿更乖，而是婴幼儿自带与人建立亲密联结的超强能力，他们只需要用一双天使般的眼睛直视着你，就能安抚成年人的灵魂。

而大的那个孩子已经学会了闪躲，已经不会再表达自己也需要被好好拥抱。成人因为疲惫，难免对大孩子有更高的要求和期待，而忘记了她也还是一个需要妈妈的孩子。

人的眼里看不到对方，就会很容易在那个当下，活在自己的情绪里，活在自己的匮乏里。

当我们看到一些打骂孩子的视频时，都会去指责那个妈妈，难道看不到孩子的恐惧和颤抖吗？是的，在那一刻，他们已经屏蔽掉了一切画面，陷在自己的情绪里，直到自己清醒过来，才会看到眼前的一切。

另一个例子是，今天你去参加一个活动，如果你一直在紧张地关注自己，有很大概率，你会觉得自己行为举止不当，有很多冒失的地方。

结束回去之后，你大概也不会记得别人对你的任何夸赞认可，你对当时的场景和内容会日渐模糊，而只记得你的冒失。

而如果你去问你的好友，或者喜欢你的人，他们可能压根不记得你有什么举止不当的地方，反而他们会记得当晚你穿了什么衣服、你的笑容、你说了什么。

当你相信什么，你就会看见什么。

当你看见什么，你就会相信什么。

不同的看见，就会有不同的解读。不同的解读，自然就会有不同的结果。

所以，当你习惯去看见、听见不够美好的部分，那你一定认为你不够好、你的人生不够好、你的世界不够好，而你也很难变得更好、更自信，你被所吸纳的一切不好困在其中，并且相信这就是事实。

我们可以做一个小小的测试，当你站在镜子前的时候，你第一眼看到的是自己的什么部分？

有很多人告诉我，她们第一眼看到的是自己眼睛小、胳膊粗、牙齿不够整齐，所有那些缺点占满了这个画面。

当她们这样想的时候，无论他人如何夸赞她们，在被夸赞的那一刻，当下最真实的反应都不是感谢赞美，而是立即想到那些不够好的缺点，并且表达出来。

这已经是一种拒绝，拒绝跟美好发生关系，拒绝承认美好。当这种拒绝变成一种习惯，它就成了喂养“不自信”的坚实土壤。

如果想要看见、听到更多美好的发生，最好的选择就是让自己习惯去看见、听到更多美好。

给你的眼睛、耳朵去喂养更多有营养的能量，去看更多美好，去听更多美好。

2. 身体姿势，比你以为的更重要

我的很多读者，都会跟我表达她们有亲密恐惧症，不仅是无法跟异性身体亲密接触，而且跟同性之间挽手、拥抱也会感到陌生。

在她们的记忆中，从来没有见到过父母有亲密的身体接触，而自己自从脱离婴儿期之后，也不曾记得自己跟父母有过温柔亲密的接触。

她们普遍的共同点是，身体非常僵硬，尤其是在陌生男性面前，或者是有多人的场域里，身体都很难感觉到轻松。

我们的身体姿势，既与先天遗传的骨骼和肌肉基因有关，更与后天的生长环境、生活习惯、思维方式有关。

英国睡眠评估和咨询服务机构做过一个有趣的调查，发现每个人的睡眠姿势都会不同。

第一种，像胎儿在子宫里一样蜷缩在一侧，有一只胳膊在枕头下面，或者双臂紧紧抱住自己。这种睡姿的人虽然外表看起来很坚强，但实际上很敏感和脆弱，缺乏内在的安全感。

第二种，挺直侧睡，双臂和腿伸直。有这种睡姿习惯的人，容易对别人过度信任。但另一方面，他/她的脾气很随和，并喜欢与人交往。

第三种，身体挺直侧睡，但胳膊向前伸展。有这种睡姿的人，是胆子大、思维开放的人，但内心喜欢批评和指责，容易对他人有过多的要求和期待。

第四种，平躺，胳膊和腿伸直。如果你的睡姿是这样的，意味着你个性实在，但是容易害羞，不太容易与人关系亲密。

第五种，胳膊向下展开在枕头上趴卧。习惯这样睡姿的人，看起来大胆和外向，但不会让别人轻易看懂自己的内心。

第六种，睡姿是仰卧，两只胳膊向上摊开在枕头上，两腿打开。这种人内在比较有安全感，敢于表达自我，但不想让自己成为焦点。

还有的人，睡觉喜欢手握成拳头状，这是典型的戒备心强，对外界有很多的不信任和害怕，如果他们的拳头是放在身体和某种物体之下，代表在强烈地压制某些情感。而拳头朝外，则是在生活中遇到了什么不平，想要表达抗议。

我们的身体会真实地表达我们的内在状态。

有时候别人问我们，你为什么不高兴呀？你可能会固执地说“我没有不高兴”，但是别人根本就不会相信这句话。

为什么？因为你整个人的能量，你整个人的身体的语言就不是一种高兴的状态。

人更多的是通过身体姿态感受到他人内在状态的，而非语言本身。

当你看到你的朋友远远朝你走来，她无须说话，你通过她的身体姿态，就能知道她今天真实的状态，能感应到她最近过得怎么样。

我曾经让很多人一起体验了一个有趣的试验。

首先，让自己蜷缩成一团，仅仅抱住自己的双腿，然后把头埋在腿之间，保持一分钟。

一分钟结束之后，很多人会告诉我，自己会感觉到憋气，瞬间回到很多委屈、痛苦、无力的回忆中，感觉到自己脆弱、卑微，好像什么都做不好，身体很多地方会随之感受到紧绷、沉重、酸痛。

然后我会邀请他们站起来，调整一下呼吸，感觉到自己的身体随着呼吸逐渐舒展。让自己如一棵扎根大地的大树，伸开自己的双臂，感受到阳光照射在身上，再保持一分钟。

刚才的抑郁沉重似乎瞬间一扫而光，取而代之的是很多美好愉悦的画面，以及关于未来的信心。

如果这个时候有动人的音乐，有的人可能还会想摆动起来，感觉身体轻盈而又坚定。

这个体验只是为了让大家更快速地意识到，当我们对自己的状态没有觉察，就会陷入情绪的泥沼中，身体的姿势也会随之变化，负面想法也会越来越多，思想就像走入了死胡同。

这就是为什么当人有压力、情绪的时候，一觉醒来会感觉到，虽然什么运动都没做，但起来的时候全身酸痛，有些人会感觉自己一整晚似乎都没有睡着。

美国脑科学家西恩·贝洛克在他的著作中写道：

大脑并不能区分生理和心理，管理生理和心理的大脑区域是相同的。身体不是只是受心灵驱使的工具，它不仅强烈影响心智，还会参与塑造心智。心智活动与身体密切相关。轻视身体的意义和价值，只会让自己更多地感受到虚弱和无力，而身体回馈给你的也一定是更多的无法顺利运转的状态。

智慧而有力量的人，都一定会发现，身体不是人的工具，而是人的庙宇。

你想打造什么样的自己，你想拥有什么样的生活，就应该去建造好这座庙宇。而不是拖着一副虚弱无力的身躯，却妄想着拥有更强大、更有力量的自我，还想驱使这样的身躯去改造世界。

让自己的身体更舒展、更有能量，就能快速改变自己的情绪、状态、思维。

所以，首先是要建立一个可以让自己身心舒展的生活方式，这不仅仅是为了减肥，为了更漂亮，为了跟他人去秀自己的身材。

村上春树曾说，他觉得跑步和意志力没有多大关联。能坚持跑，是因为这项运动合乎他的要求，不需要伙伴也不需要特别的场所。他说：“人生本来如此，喜欢的事自然可以坚持，不喜欢的怎么也长久不了。”

我一直知道自己有含胸驼背的毛病，但每次办了健身卡，最后都逃避去练习，直到教练放弃再约我。

但当我对自己的身体日益了解和认可，当我改变自己的意愿变得强烈，我意识到，健身房并不是适合我的场域。首先我很讨厌健身的时候，身边有其他陌生人。然后，我很讨厌跟冰冷冷的器械对抗的感觉，这种对抗并没有让我有成就感。

我选择了更有意愿去学习的瑜伽，比起追求速度和力量，我更喜欢瑜伽练习中的私密感，安静地跟自己的身体待在一起，带着呼吸慢慢感知身体的过程。当我跟身体的关系更好，我突然懂得主动去跟老师说：“我们可以慢慢来，不必追求每一次的强烈效果。”

而在那之前，我会认为，既然去了，就要虐出效果，但其实这个过程，反而让自己更厌恶身体的迟钝和笨拙。

经历过痛苦的前期练习之后，很快我真的感受到，运动不是为了减肥，而是去感受自己可以更加自在地掌控身体，这种感受可以带来极大的信心。

当我通过练习，把肩颈逐渐打开，我就获得了更深入、舒展的呼吸。我不再一疲惫就感到肩颈无比酸痛，我感觉到了它更敞开、更有力量承接压力，更能接纳自我。

当你的身体姿势变了，你会发现自己的走姿、坐姿、睡姿都会改变，无形中，你的气质慢慢就会发生明显的改变。

再比如，有些人会感觉到眼珠色彩浑浊，当他允许自己大哭，而且能够真正地把自己内心痛苦释放出来之后，他的眼睛会变得明亮。

事实上，如果你仔细观察很多美人，就会发现有些人的五官并不很美，但她们气质卓绝，令人过目难忘。而很重要的一点，来自她们的体态、身姿挺拔而轻盈，她们与身体长久的关系是良性的，这会让她们不管穿任何衣服都能拥有一个自信的场域。

我们跟任何人的关系，都不如跟自己身体的关系长久。

当你耗尽心力在某段关系里委曲求全的时候，不如想一下，你为自己的身体曾经付出过多少心力呢？

有多少人是明知道对不起自我，却依旧在他人身上渴望着认同和理解呢？

可以花点时间找专业的老师检视一下身体，找到那个你最想要改善的部分，集中去练习它。当你快速获得了改变，你就会拥有掌控身体的自信。

关注体重的变化，只会让自己跟身体的链接失衡，患得患失。身体的美感，并不来自体重这个数字，而是在于拥有力量和柔韧，在需要力量的时候可以展现力量，在需要柔韧的时候可以拥有弹性。

过程中的一切体验，比上秤看到的那个数字更重要。

我们只是通过运动，达成和身体更深的了解，而这也是一个相信自己可以不断超越过去的过程。

比起解决现实中那些更具体的瓶颈，超越身体的瓶颈，真的要容易得多了。

如果你还不能，你只是还没有下定决心去改变，也还没有发自内心地懂得，这些改变到底能对你的人生产生多么巨大的影响。

短时间的有氧运动，就能让你放下固执和限制，以更有力量的状态、更清醒的头脑来思考问题。

◎ 地球上的人，特别是大人非常无趣，他们将时间花在了琐事上，却忘了做真正重要的事。重要的东西，眼睛是看不到的。重要的东西，如果不用心灵的眼睛看，就看不见。

——圣·埃克苏佩里

练习和情绪相处

1. 情绪到底是什么？

生活中遇见一个人，如果他很少发脾气，很多人就会觉得这个人情绪管理得非常好；而有些人很容易发脾气、冷暴力，大家就会认为这样的人情绪管理能力很差。

所以很多人认为，做好情绪管理，最重要的一件事情就是，当有负面情绪来临的时候要把它立即压制住。

当一个人不能够随心所欲地发泄脾气，他的选择就是：我要忍。

忍完之后会怎么处理呢？这些忍下来的情绪，一定会发泄到他更亲近、更信任、更有安全感的人身上。有些人会给父母，有些人是给伴侣，还有很多人是给孩子。

这也是我们通常觉得情绪当中最难攻克的一个课题，作为一个成年人，在外面你可以忍，但在亲密关系中就很容易情绪崩盘，崩盘之后，当自己清醒过来，会感受到非常多的失望、自责、后悔、难受和愧疚。

这种处理方式，最终很可能导致亲密关系破裂。为了忍受不重要的那些人，失去生命中真正重要的那些人，这样的代价太惨痛了。

我并不太喜欢用“管理”这个词来面对情绪，因为说到管理，就会倾向于把情绪当成自己的下属，用硬性的手段和工具来控制情绪，用某些指标来衡量结果。

可事实上，没有人可以成功地把情绪当下属，因为它们太强大了。你越压制，它们反弹的时候越爆炸。失控的那一刻，情绪才是主人，而你成了情绪的奴隶。

我更喜欢的一个词叫“相处”——学会和自己的情绪相处，学会把它当朋友，而非下属。

既然是做朋友，那就要首先问自己一个问题：你真的了解自己的情绪吗？

情绪它从来不只是一个当下的反应。从你出生后，它就不断在身体这个容器里累积，并且变成了你的细胞记忆。

为什么明明懂得那么多道理，明知道有些时候只是很小的事情，为什么你会感觉到那么生气？

为什么有时候只是一个眼神，或者一句话，你就会非常生气和愤怒。

很多人会不理解自己，这不是我呀，这变成了另外一个我，原因是什么呢？

不是因为你的情绪管理能力很差，而是从小你的身体里面积聚了很多负面能量和情绪。

从小没有人接纳你的这些情绪，也没有人告诉你，当你有这个情绪你应该怎么去处理，你应该怎么去更好地表达。没有人教会你这些事情。

不仅如此，我们每个人还会自原生家庭那里学习到很多错误的示范。

我们的情绪、感受虽然是在此刻当下的，但它并不是仅仅来自当下。在那一刻，你过往经历过的一些画面、记忆、故事已经不由自主地涌来，淹没了你的理性。

在那一刻，你陷入了过去的一个故事里，并且会开始不断放大过去的那些负面感受，然后开始自动做出一些负面的自我评价——我不够好，我不值得被尊重，从没有人理解我，我不值得被爱……

被放大的情绪之下，我们的行为自然会跟着失控、变形，做出一些失常的举动。

情绪是一个放大镜。

比如你今天想要去坐车，但是晚点了或者是没有赶上，这本来只是一件小事，但是由这个开始，你可能就会把你一生当中很多的遗憾、错过等全部回忆起来。

你的大脑开始播放电影，而且是带着一个过去的滤镜在播放电影。你可能会感受到：啊，我怎么做了这么多遗憾的事情？为什么我每次做事情的时候都不能早一点准备好呢？为什么我总是在错过呢？

只是错过一趟车，却可能毁掉了你的一天，甚至更久时间的状态，思绪、头脑、身心都慢慢地滑向非常低落的状态。

和情绪相处，最重要的一个方式，就是认知到，不必放大此刻的情绪，不要让自己一直陷入在那么多、那么深的情绪当中。

情绪，它是一个滤镜，它并不是真相。

什么是真相？如果说世界的真相是一幅画，在整幅画面当中有高山，有流水，有石头，有船，有人。从整体看它是一幅意境非常美妙的画，但如果当你只是看岩石悬崖，你可能就会开始感到害怕和恐惧。如果你只盯着这个部分看，你会忽略一切其他的部分，而仅仅把这个部分当成事实真相。

很多女性，当爱人忽略了她们，这个事情可能很小，但是这个小事情勾起了自己不被爱的一些故事，她们瞬间就会否定过去的一切，就会觉得这个人不爱我了。但是对方可能会感到莫名其妙，不是一件很小的事情吗，你为什么会这么伤心、这么生气?

他无法理解，因为他没有办法看到你的内心，他也并不知道你人生的前几十年经历过什么。同样地，我们每个人其实都不知道对方心里的故事是什么样的。

但必须确定的一件事是，如果那个当下，他真的表现出特别强烈的情绪，一定不是小题大做，而是他的这些情绪真的已经积压了很久很久。

当我们拿着一个放大镜，不断地去回想让自己难过、伤心的事情，它就会不间断地自动循环播放，即便是在睡觉、忙碌的时候，潜意识里它也不会停息。一旦你被当下刺激到，这种情绪就脱离了控制，无法再被压制。

所以，让自己睡着，让自己更忙，并不能让它真正停下来。

我们的大脑，它就是一个工厂，今天你遇到的事情，你见到的人，都是素材，大脑如何去加工它取决于你的思维和你的意识。

只有让你的意识更多地去看到好的一面、对的一面、开心的一面、乐观的一面、向上的一面、积极的一面，旧的意识才会停止，不然潜意识就会昼夜不停歇地去加工所有新产生的负面素材。

从现在开始，当过去的故事又开始在脑海中播放的时候，学会说一句话：噢，我又开始在给自己讲那个过去的故事了。那不是真的。

2. 看见情绪的正反面

情绪失控并没有那么严重，只是像压死骆驼的一根稻草。

如果想要继续跟情绪做朋友，那接下来需要看见的就是，每一个情绪都有其正反面。

没有人可以从早到晚二十四小时都正能量满满，每个人有自己不同的烦恼和忧愁，每一个情绪其实都有正反面。

中国有个词叫作祸福相依。例如，今天升职了，这件好事会同时带来压力和挑战，压力也许会让你自我怀疑，如果你不能正向面对它、足够认可自己，那么这种怀疑和否定就会变成不好的一些行为和结果，也就转变成祸。

同样地，如果你意识到，负面情绪只是一个引导的地图，通过了解和面对它们，你能重新解读自己的过去，发现潜藏在生命中的那些资源和宝藏，那么，所有的负向经历，就会转化成祝福。

转化负面情绪的方法，就是接纳所有情绪都有其正向意义。

接纳是一个很强大的心念，因为越抗拒负面情绪，越会助长内心的生气和愤怒，滑向情绪低谷的速度就会更快。

即便在某些方面、某些事情上做得不够好，那又怎样呢？接纳不完美的自己，就是学会了去更多地关注可以做好的部分，而不是花更多时间跟缺点纠缠。

这个人不够爱你，那又怎样呢？越关注这个部分，就越没有能力去爱自己。因为这等于承认了他就是我世界的上帝，他不爱我，我就没有爱。接纳没有人可以爱全部的你，才能更多地去感恩已经给予的那一些，不再贪求更多。

去接纳我们的情绪，看见负面的情绪往往来自你太想承担责任。

当孩子做得不够好、没有达到父母期望的时候，父母就会很容易感到失望和愤怒。因为他很害怕没有教育好孩子，影响他的人生，这个责任对他来讲太过重大。

看见这种负面情绪的另一面，首先是接纳它的存在，也要看到失望和愤怒可以教会你不去过度放大责任。孩子也好，家人也好，他们的人生，更大部分的责任应是他们自己去承担的，而非你可以搞定的。不要对他人过度期待，因为那是你想要的，不是他想要的，他并没有义务满足你的过度期待，除非他自己也想要。

关于情绪，先说一说“委屈”。

与委屈相伴的人，通常有很深的“受害者心理”，习惯性认为自己不值得被认可、接纳。委屈的内心台词是：为什么我付出那么多，却只得到这一点点？

因为他们太想要被接纳了，会忍不住地讨好他人，他们害怕自己如果不付出、不妥协，可能连那一点都没有。即便对方主动付出，他们也无法心安理得地要，会拒绝，会付出更多。

然而，委屈的正面能量就是——特别能吃苦，特别能付出，特别能忍耐。

很多重男轻女家庭出身的女孩，身上都有这种强大的能量。靠着忍耐、吃苦、付出，逐步站稳脚跟，成为家庭的顶梁柱。她们的委屈，有时候，连身边人都看不下去了，可她们依旧愿意付出，因为她们把自己放得太低了。

转化委屈的情绪，就必须去肯定自己这部分的强大，而不是因此陷入自我否定。你并不是懦弱，不是无能，不是一无是处，只是选择了牺牲自我，把他人利益看得更重要。

当你能去转化这些，就会学会拒绝，学会把自己看得更高一点。你的价值并不会因为拒绝而降低。真正爱你的人并不喜欢你把自己看得这么低。

再以愤怒这一情绪为例。

我接触到的很多有“自卑情结”的女性，她们都很害怕愤怒，害怕正面处理问题。

有不少读者都有这样共同的经历，虽然已经成年，可当父母生气、愤怒的时候，她们依然非常害怕。即便隔着电话，都会被吓到冒冷汗。

生活中也是这样，只要一遇到他人愤怒，就会马上妥协，放弃原则。结果，这些人并不会因此对她们更温和，反倒更爱发脾气了。

无法理解愤怒、不敢使用愤怒的人，会不断吸引身边人用愤怒来控制她们。因为这个方法太有效了，可以让她们瞬间得到满足，即使是无理要求。

我问她们：当你们被愤怒吓到的时候，感觉一下，那个时候的你，脑海中会冒出什么画面？

很多人会说：她们会想到，小时候爸妈吵架的时候，自己躲在墙角瑟瑟发抖。不知道自己做错了什么，害怕父母分开，害怕被他们抛弃。

在这种恐惧里，很难看见一个事实：作为成年人的她们，完全可以独立生活，无须害怕被任何人抛弃。

父母对孩子的愤怒，不是因为他们强悍，而是来自他们的虚弱。因为子女不再听他们说话，不再满足他们的要求，不再那么需要他们。看见这样的事实，就会知道，愤怒不等于强大。

愤怒的背后是担忧、恐惧，是想要快速控制局势，让自己感觉，我可以掌控一切。

而你可以选择不去承受这些，不去被控制。当一个人不再惧怕愤怒，不再习惯满足讨好他人，他就会拥有更多的自信和更大的自由。

同样地，喜欢使用愤怒的人，一定是因为他们发现：愤怒有用。

即便过后会后悔、自责、愧疚，但为了达到眼前的目的，他们依旧会选择这个方法，直到他们发现没用。

很多父母对孩子会忍不住使用愤怒，甚至打骂孩子。这个方法在幼年时期非常有效，但到了十岁以后，这个效力会逐步降低、失效，甚至会完全走向相反的结果。原本听话的孩子，会叛逆到放弃学业和前途，以自毁来对抗父母。

人可以不被愤怒淹没吗？

当然。看见自己的力量，就不会被淹没。

愤怒的正向价值是——想要负责，想要保护自己。

一个团队的领导者，一个家庭的掌权者，如果是一个从不生气的人，就很难成为一个权威，因为别人会觉得你没有尊严，你的尊严是可以被践踏的，你是一个没有底线的人。

不要因为害怕愤怒，而让自己做一个小透明。不敢生气，不敢跟别人提出合理的要求，就会让人感觉到非常虚弱无力，人生命运时刻都被掌控在别人手上。

别人生气了，又怎样呢？世界不会塌下来。

愤怒，也源自我们的边界感、我们的底线、我们对自我的要求。

再比如悲伤。

喜欢音乐的人都会有这样的体验：听到一首歌可能会突然很悲伤，情不自禁地流泪。为什么会哭，往往是想到了某一个人、某一段感情。

悲伤，源自人渴望被爱的天性。

身为人类，都会想要被爱。失去爱，会带来极致的悲伤和痛苦。于是，人们就会开始思考：我如何能够拥有爱，却不必面对其中的痛。

人在悲伤中，会有冲动去接近艺术、哲学，会想要阅读、听音乐、看电影、独自旅行，或者是开启创作。

悲伤是很强大的能量，能让人对生命的思考走向更深的地方，是很多人艺术创作的灵感源泉，包括我也是这样。幸福的人很难写出伟大的作品。

我见证过很多女性的巨大成长，都是因为爱情、婚姻给她们带来过巨大的悲伤。

悲伤会有尽头吗？

有的。悲伤的尽头是疗愈和接纳。

最后说一说，极具能量的情绪，是很多人不敢展现出的“兴奋”。

这种情绪，最佳的案例就是孩子。

一个孩子，当你指着地上的蚂蚁说：快看，那是蚂蚁。从未见过蚂蚁的孩子，一定会双眼睁大，极其兴奋地趴在地上，观察那只微小的蚂蚁。

在那个时刻，他们完全关注不到其他的事——衣服会弄脏，地上有泥土，这些都不在他们的考虑范围之内。

同样的状态，也会发生在他们吃巧克力冰激凌的时候，拆礼物的时候，在游乐场玩耍的时候。

但如果成年人只想如孩童一般，不断地寻求这种低层次的兴奋，就会迷失在游戏、电子产品、不健康的食物、性爱等欲望里。

兴奋的正向能量，是尝试、冒险，是好奇心，是不知疲倦地追寻更高层次的满足。如果你可以正向运用这些，好奇心就会带着你去探索更广阔的世界。你会更无畏地面对变化，不会瞻前顾后、犹豫不决。

这些情绪，当它失控的时候，都会变成一个吞噬正向情绪的怪兽，让你陷入困境，怀疑自己存在的价值和意义。

然而，它们也是无比强大的能源，当你能接纳、转化其中的正向价值，就能从情绪的困境里走出来，看见生命更大的可能性。

情绪	动机	正向能量	负向能量
委屈	被接纳	付出 | 承担	脆弱 | 无力
愤怒	被关注	力量 | 存在	破坏 | 暴力
悲伤	被爱	反思 | 警觉	逃避 | 躲藏
兴奋	被满足	好奇 | 热情	迷失 | 冲动

3. 允许自己在正面情绪里待得久一点

很多习惯否定自己的人，都跟我说，每当他们获得一点成绩之后，马上就会陷入压力和焦虑中，怕自己下次会搞砸，怕他人会对自己有更高期待。

一旦在这样的情绪里，他们就开始对自我有很多的评判、指责、不满。我问他们："你们就不能允许自己在开心和满足里面多待一会儿吗，哪怕是多几分钟？"他们斩钉截铁地说："不能！"

仔细深入询问，就会发现，他们的父母很少会对好成绩表示出极大的认可，而是更擅长在那种时刻泼冷水——你不能骄傲，再接再厉，你可以做得更好，尾巴翘得太高迟早会摔下来。

这大概就是为什么，回想自己的成长经历，他们从没有感到被父母认可过，一次都没有。

而我自己的经历是，每当有一次考得特别好，下一次就会考得很糟糕，更加让父母坚定地认为：你就是因为太骄傲，所以考砸了。

当我回过头看，其实跟骄傲没有任何关系，只是因为第二次压力太大，而且潜意识里害怕考得好，父母的期待只会更高。于是，失去了信心，发挥失常。

成人后，虽然离开了父母，但依旧会携带着父母的眼神如此看自己，也相信了，命运不可能让他一直获得好的结果。

而那些每当有一些成绩，就能获得及时认可，就能拥有满足，可以和家人共同庆祝的人，他们做任何事，都会看起来更轻松、自信一些。

如果你感觉到，即便你做到了很多，拥有了很多，却依旧缺乏信心，那都是因为，你对自己实在太苛刻了，没办法允许自己在正面情绪里停留。

允许自己在正面情绪里面停留的人，会更懂得活在当下。明天的事情明天再说吧，我当下高兴，那么我就要在这个高兴当中，好好地去放松一下。

不允许的人，每当有好的事情发生，他们总是很快就会想到坏的事情。即使遇到一些正面的反馈，很快也会让自己进入一种担忧和恐惧当中……

如果我们常常去跟负面情绪联结，就很难去跟自己的情绪和平相处，而且会经常感觉自己跟自己打架，每日都在自我对战。而最终，负面情绪往往会战胜正面情绪，获得胜利。

还有很多人，他们习惯有这样的想法：

等我过了这一段，我再休息，再做自己喜欢的事情。

等我瘦下来，我再穿好看的衣服，我再好好打扮自己。

等我有了足够的钱，我才能拥有快乐很满足。

这样的等待，并没有让渴望的状态更快出现。恰恰相反，等待让一切过程变得更加煎熬和疲惫。

等待，不过是一个拒绝美好的借口和理由，内在更深处的想法是——此刻的我，不配更美、更轻松、更快乐、更自信。

当你内心深处是拒绝的，毫无疑问，美好、轻松、快乐，就真的不会接近你。

◎ 内心不渴望的东西，它不可能靠近自己。你能够实现的，只能是你内心真正渴望的东西。如果你认为自己不配得，即使有能力实现的，也无法拥有。

——稻盛和夫

种下自信的心锚

1. 什么是心锚？

当你种下了自信的种子，最重要的自我认知就是，意识到从此你就是这颗种子的园丁了。现在这颗种子还很脆弱，它需要适合生长的土壤、光照、水分等等，才可以破土而出，茁壮成长。

在目前这个阶段，它是脆弱的，可能一点点打击就会让它挫败，想要继续缩回到幽暗的土壤深处。那刚刚想要吐露的一点小苗，也害怕得不敢伸展开来。

所以，作为一个优秀的园丁，一定要给予它很多爱的环境来关照它。

最简单有效的方法，就是帮自己建立很多自信的心锚。

所谓的心锚，就是条件反射的一种形式，当你看到某些事物，心情和行为就会产生相应的条件反射。

举一个很简单的例子，你喜欢一个人，你知道他很喜欢某样特别的食物，每当你吃到这个食物，或者看到其他人吃的时候，你就会想到这个人。

如果你曾经跟一个人看过一部电影，这部电影曾给你们带来特别的感受和回应。下一次，无论什么时候，看到这部电影的细节，听到它的主题曲，你就会瞬间穿越到那一刻的感受。

所以，比起忘记这个人本身，我们更难忘记的，其实是这个人给我们种下的很多心锚。

原生家庭也如此，从出生到成人，我们从父母那里接受了很多心锚。只是某一个眼神、某一个词语，但即便你在陌生人那里看到了类似的眼神、听到相同的词语，你的身体在当时也会有强烈的反应，也许是委屈，也许是愤怒。

想让旧的心锚影响渐淡，最好的方法，就是不断建立新的心锚。

对我自己非常有用的一个方法就是，我会把不同阶段击中我的句子写下来，设为我的电脑屏保，或者手机屏保。

我知道很多人会这样做，区别只是，很多人选择的句子并不会令自己感到更自信、更有力量。恰恰相反，他们选择的句子，是令自己更忧伤更脆弱的。

当然，这是因为很多人并不知道，某些话是美好的，但并不是出自正念。如何更好地接近正念，是需要学习和练习的，在接下来的一章中，我会写到这个部分。

心锚可以是多样的，既可以是新的身体感受，也可以是文字的、声音的、物件的，只要是你愿意的，都是最适合自己的。

2. 运用心锚去放大正面情绪

如果你觉得自己总是难以开心，那么你可以尝试让自己学习一种很棒的心锚——开心的时候，就马上去庆祝。

在过往的历史中，中国人是非常注重仪式感的，尤其是庆典和祭祀。而现在很多人理解的仪式感，是一种商业化的产物，被简单地理解成了消费和物欲。

事实上，庆祝更多来自同乐的意愿，而非满足物欲。

“我很快乐，这份快乐不独独属于我，是因为有你们的爱和支持，我才可以如此快乐，所以这一刻，想要去分享这份满足和愉悦，让我们一起为生命而庆祝。”

回想一下，在你的生命中，有过这样的时刻吗？

还是说，你都是在自己脆弱无力的时候，才寻求关注，然后大家一起陷入悲痛中，不满意自己的人生，吐槽这个糟糕的世界？

太多人，关于情绪的心锚，是这样的：

开心的时候，满足的时候，很少去表达，也从不庆祝，反而会感到羞愧，因为想到了其他人并不那么开心，父母还在受苦，我怎能开心呢？

委屈的时候，难过的时候，突然急着去表达，放大情绪去表达，复制父母最糟糕的那一面，最后容易无法避免地走向失控，继续验证了——我不值得被爱。

如果我们在开心的时候不够盛大，那么，悲伤就会变成更强大的力量。

如果我们在满足的时候，从不说爱，那么，难过的时候，就更不懂得说爱了。

礼物也好，欢聚也好，都只是一种行为的表达，在这其中，更重要的心锚是允许自己在那一刻接纳：我是被爱的，我是可以拥有快乐的，我是拥有很多陪伴的。

如果收到了礼物，却告诉自己：我要还一个更贵的给对方，我要付出更多。那么，这就不是真正的庆祝，而是拒绝爱。

如果明明是开心的欢聚，却告诉自己：聚会总是会散场的，结束以后我又是一个人。那么，这就不是真正的庆祝，而是否定爱。

这就是为什么，很多时候，你明明觉得自己拥有很多，明明比以前过得更好，却并没有感受到更自信、更快乐的原因。

因为，你还是在过去的心锚中。

关于情绪，所谓自信的心锚，就是去加深并且放大一切正面情绪。

当你好不容易得到了心心念念的一件物品，千万不要将它束之高阁，藏在柜子深处。请当下立即去使用它、观察它、品味它的美好，就像当时你第一眼见到它一样，去感受那份已经被你拥有的光彩，而你可以有能力，去拥有更多这样的美好。

当你吃到了一个想吃许久的食物，不要去考虑身材、健康，就在那一刻，感受到食物带给你的满足，它填补了你身体的空虚感受，慢慢地去体会味蕾和肠胃的快乐就好。你越在这个感受中，反而不会像你以为的那样，暴饮暴食，不知节制。

当你受到他人赞美的时候，学会说："谢谢，这句赞美我收到了。"而不是怀着羞耻心，马上拒绝，或者找出自己的很多缺点，以为这样才可表达谦逊。其实，拒绝欣赏，只会让自己和他人感觉更难受而已。

3. 不断种下更多不同的自信心锚

除了建立满足的心锚，你可以建立勇气、好奇、接纳、丰盛、自在等心锚。

很多年前，我的一个朋友一直戴着一个方形尾戒，原本我以为那是坚持单身的意思。他说，并不是，当时看到这个戒指就感觉很有力量，于是他就把自己的名字刻在了戒指里面。

每当他感觉到被否定、被压制的时候，他就会去转动这个戒指，取下来看一眼自己的名字，那一刻，他会从中获取被支持、被肯定的力量。

这个戒指，就是他关于勇气的一个心锚。

对我自己来说，花了最长时间去建立的心锚，是有关丰盛。

在我家，我爸总会不断唠叨说，要节约用水、用电。即便现在生活，他也不习惯开很亮的灯，如果只有他自己在客厅，他就会只开一盏很小的灯。而我每次回家，就会看到他坐在灰暗的灯光下。

这导致我对于泡澡、开空调、用地暖这些，都感觉是奢侈的，是有负担的。

对于在贫穷年代出生的父母来说，他们对资源的匮乏感已经扎根在心里了。而生活在物质丰盛年代的我们，也无法想象他们过去所经历的恐惧。

越是去妥协、照顾他们，我越感觉到辛苦和委屈，而他们也感觉不舒服。

我的朋友因为老公非常节俭，她只得选择把所有买的东西都藏起来，标签偷偷剪掉，再找时间不经意地穿上，就好像在使用一个旧物品一样。这种偷偷摸摸的行为，也让她感觉到厌烦和委屈，于是总会找一些其他理由表达不满和愤怒。

每个人都有自己的选择，那些选择活在匮乏的人，并不知道这样会给对方带来负担，因为他们觉得这是一种爱的牺牲和付出。

就像小时候父母总是把最好吃的那块肉让给孩子，然后假装自己不爱吃一样。他们活在这样的满足里。

而我们所能选择的就是，如果我渴望丰盛的人生，那就是我的渴望，并不需要对谁感到抱歉。

越是去对抗匮乏，反而更加容易奢侈和浪费，只是浪费在其他方面。害怕被父母、伴侣知道自己花钱的人，反而会无法控制地买各种莫名其妙的东西。

但能允许自己去拥有的人，其实才会知道，什么是我真正想要的。当我们真实地去表现“我就是需要过舒适的生活”，大家反而相安无事。

现在，当我在享受舒适生活的时候，我不会再有那么深的愧疚，而是带着感恩的心：谢谢你们的节俭，才有了我现在的丰盛。就如同贫瘠之地生长出的胡杨树一般热烈丰盛。

每个人不同的快乐，其实都在塑造不同的正向心锚。

我的一些朋友，很爱在旅行的时候购买冰箱贴，然后看着冰箱上的版图不断扩大，无比满足。

这并不需要花费很多，但这是关于好奇心、探险未知等最好的心锚。当你去过的陌生地方越多，你探索生活未知部分的勇气也会增加。

这也慢慢变成了一个正向激励机制，每当自己完成一个艰难的目标，就奖励自己去一个新的旅行地，再一次将这个心锚扩大。

还有一些喜爱艺术的朋友，她们会在家中放置不同的艺术品，每一幅都是自己的心头肉，深夜只是凝望它们一会儿，都能从中获得很多灵感和力量。

而我关于灵感的一个心锚，是来自植物。每当我心情不好的时候，我喜欢到有山林的地方，那里有最充沛的植物能量。观赏不同树木植物的形态，能让内心感觉到安静、平和，就像充电的感觉一样。待上一下午，我就会感觉自己又有了很多爱的能量。

有些朋友则是在中年以后，变成植物的狂热爱好者，家里处处都是植物，说起各种植物如数家珍，朋友圈每一日都是不同植物的分享。

我想那不仅仅是一个简单的嗜好，借由植物，她们释放了很多情绪，获得了疗愈。从植物身上得到的是生长的信心，她们如同植物一样，内心充满着对生命汹涌的爱，却用一种淡漠寂静的方式表达。

其实，世界已经为我们准备了很多不同的锦囊和礼盒，只是看你愿意拿取什么。

◎ 宇宙的一切都在你体内，向内寻求一切的答案。

——鲁米

正念看待生命

1. 生命到底是祝福，还是诅咒？

我人生中第一次接触正念，是十年前看铃木大拙的《禅者的初心》，意识到人的心念对于自己的人生命运有着强大的影响力。

在十几年的学习中，我见证过很多生命的自我蜕变，而一切蜕变的开始，都来自信念的改变。

很多时候，我们会把自己的行为当成自己，或者把自己的情绪当成自己。因而，当行为的结果发生，或者坏的情绪发生时，坏的念头就会情不自禁地跟随而来。而一个坏的念头从来不会单独而来，它们都是结伴而来的。

当坏的念头经年累月地累积，人的身体就会出现各种征兆，很多时候去医院并不知道问题到底出在哪里，但就是不可抑制地感觉到疲惫、酸痛、沉重。

如果你什么都没有做，却依旧感觉到累，原因只有一个——你的心太累了，它里面装了太多不好的念头，压垮了你。

有一句话叫作，连呼吸都觉得累。这听起来是一句调侃，但却是某些人真实的感受。

在所有的信念中，最本源的信念来自，你认为生命是一场祝福还是一场诅咒？

不同的生命，都源自母体子宫，只是不是每一个生命都是因父母准备好而来的。有些生命来得太突然，父母并没有做好充足的准备。那个小小的婴儿在子宫里慢慢成形、生长，他逐渐能感受到，父母并没有那么期待他的降临，相反，他还感受到了压力、争吵、矛盾、伤痛。

还有的生命，仅仅只是因为他的性别并非父母、家族所期待的性别，而遭遇到了冷落和排斥。

这就是很多生命从一开始就要面对的巨大伤痛。

我的一个读者说自己总是有莫名的焦虑、心慌，在很多年之后，她才知道，她是一个超生的女婴，从生下来就开始东躲西藏，她的婴儿时期就是辗转于各亲戚家，直到学龄后才回归父母身边。

一个从出生开始就没有安全感的孩子，每到悲伤的时刻就会忍不住去问自己：为什么要把我生下来，既然我的生命不是被期待的，那我为什么还要活下去呢？

还有很多的女婴，她们的家族期待她们能是一个男孩。在她们成长的过程中能够感受到，只是因为性别，就需要面对很多不公平的待遇。无论她们表现得多么好，父母依然固执地认为，男孩更好。无论她们多么渴望拥有更多关注，父母的关注度依旧更多在男孩身上。男孩一丁点儿的努力进步，父母就欢呼鼓掌；而身为女孩，做得再多似乎也被当成理所当然。

在这种伤痛之中成长的女孩，成人后，不管是亲密关系还是工作关系中，往往会忍不住跟男性对比、较劲、竞争，因为内在有强大的渴望去证明——我比男孩更好，我可以承担得更多、做得更好。

在多子女家庭中，也会有很多这样的差别对待的情况。

我自己有一个儿子和一个女儿，平日里带他们出去的时候，很多朋友都喜欢调侃地问：“妈妈更喜欢谁啊？是更喜欢哥哥还是妹妹呢？”每当这个时候，我儿子都会斩钉截铁地说：“妈妈都喜欢，都是一样的。”

但即便如此，哥哥在很多时候，还是能感受到家里的差别对待，不是因为性别，而是因为他是大的那个，妹妹是小的。小的那个，总是能轻易用大声哭泣而获得奶奶和阿姨的心疼，而他就必须要妥协和忍让，因为他是哥哥。

我能明显感受到，自从有了妹妹后，他的委屈和愤怒越来越多，尤其是当妹妹能够表达，并且非常擅于争宠之后，他的眼泪也越来越多。

原本他是家里唯一的孩子，集万千宠爱于一身，可是自从有了妹妹，爱和关注都被分走了大半。在极端生气的时候，他会咬牙切齿地问：“妈妈，为什么你要生妹妹，我真希望没有她存在。”

每一个孩子都渴望独一无二、完整的爱，希望自己是家里的中心，但对于多子女家庭，父母即使再努力去平衡，也无法给予每个孩子完全公平、相同的爱，这是无法改变的一个事实。

假若生命并不是伴随着爱、期待、公平降临的，生命就不是一场祝福了吗？

生命最大的祝福就是携带着爱和自信而来，否则他们无法熬过那漫长的九个月，等到瓜熟蒂落。

我们必须要区分的一件事是：生命本身没有问题，只是养育者可能并没有足够的爱和经验，来迎接生命。

在成人之后，如果你还在为此困扰和烦恼，你仍固执地认为：父母一定有更好的方法来爱我，只是他们不爱我，所以他们不愿意。

不。事实的真相是：他们也没有被更好地爱过，所以他们并不知道如何给予更好的爱。

关于生命，最大的正念之一就是——我们无法选择父母，但我们可以选择，在成人之后，成为自己的父亲和母亲，给予自己想要的爱。

而这一切都是需要学习，可以学习的。

拥有自信力的根本，其实就是给予自己爱的能力。

你能给予自己多少爱，决定于你是否愿意用正念去滋养自己的内心，疗愈内心那个受伤的孩童。

2. 一切疗愈，来自正念转换

很多读者在意识到疗愈对自己有多么重要的时候，都会问上一句：那我该如何疗愈自己呢?

诚然，有很多疗愈，首先来自“完形”，人都会忍不住去填补过去的缺失：

小时候，不被允许玩的东西，长大后自己赚钱去玩；

小时候，不被允许玩游戏的人，上大学离开父母的控制后，很容易疯狂痴迷游戏，毫无节制，但他们绝大多数都会在某一刻回到自己的正轨中，只是又多了很多遗憾和愧疚；

小时候不被允许买的东西，即便不适合成人后的自己，也还是会买很多。有些人到了四十岁还迷恋泡泡袖、蓬蓬裙这种公主风的衣服，或者其他在少女时期不被允许穿的衣服。

除了在物品上的完形，还有很多感情上的完形。特别乖、懂事的女孩子，往往容易爱上坏男孩，迷恋他们身上那种不守规矩、无法稳定的坏，尽管自己被折磨得遍体鳞伤。

补偿自我，是成年人拥有更多自我选择空间后，都会去做的事情，它们能弥补一些缺失。然而，真正的疗愈，无法从如此简单的“弥补”

中发生。

小时候，我一直不能理解，为什么我爸宁愿买一顿卤肉，也不愿意拿这个钱给我买一本小说。长大后，我知道了，他经历过饥荒，尝到过饥饿的滋味，所以吃肉对他来说，比小说更有价值。直到今天，他依然会在餐桌上说，当年他想要吃到一块肉，是多么的难。我们家冰箱也永远塞满了食物。

这种对自己的弥补，只是让自己一直活在“匮乏”的记忆里。真正的弥补是看见，因为这个匮乏他无比努力，让自己成为再也不用挨饿的人。

逃出匮乏，一定会是人生路上最起初的某个动力。

人为什么要努力？我听过很多回答。

很多人努力的动力，就是逃离糟糕的原生家庭，拥有和父母截然不同的人生。可得到之后呢，他们似乎并没有真正脱离这种“匮乏感”。

一个已婚的朋友曾跟我说，虽然她先生完全不像她的爸爸，可她却总是担心他会像她爸爸一样不负责任、抛弃她们母女。

还有通过自己努力，成功实现有房有车的年轻人，却时刻担忧自己失业，付不起房贷，耳边时刻响起父母说的话：你哪有什么钱，都是贷款。

如果我们不能真正看清匮乏，那么即使得到，也不会真的满足，还会觉得自己缺得太多，想要更多。

就像宫崎骏的《千与千寻》里不断想要吃更多更多食物的爸妈，变成了贪吃的猪，忘记了自己是人类，忘记了一切。

很多的匮乏，只是你以为你需要而已。

曾经的动力的确很有用。在很长一段时间里，让你不停地往前奔跑。

但现在，它已不再适合你了。特别是，它并不适合现在的你、未来的你。

在某个阶段，当你有了力量，愿意去放下那些匮乏，可以由衷地说一句："感谢生命中的缺失，感谢缺失带来的痛苦，是它教会我忍耐、坚持、超越，最终变得更好。"

我可以不必活在这些匮乏里，担忧它们再次发生，因为，那些都已过去。

一切的发生，都是必经之路。一切缺失，都是为了引领我们去成长。

这条路就是，成为你自己。

3. 转化正念，让改变发生

（1）正念看待父母的故事

一位目睹过父母因贫穷而争吵不休的读者，在她长大之后，但凡遇到对方提到钱的问题，就会很容易失控，她一方面认为自己不配让对方花钱，一方面又渴望对方满足自己。

这些拧巴、纠结的背后，是她掉入了一个错的信念中：钱比我重要，钱比关系重要，我不可能拥有更多钱，因为我不重要。

我让她做了几个深呼吸，先不要忙着哭泣，平静下来，回答一个问题："此刻，仔细想一下，你现在的生活是比过去更贫穷，还是更有钱了呢？"

她回答说："虽然也并没有很有钱，但比过去好多了。"

我又问了她一个问题："你的伴侣是真的对你很吝啬，还是因为你有时候对物质的追求超过了他的能力？"

她回答说："其实他对我，比我爸对我妈好多了，的确是我有时候要求过高。"

当人沉浸在过去的故事中时，就会根据过去的恐惧预测未来的恐惧，并且不断放大过去的信念。

当我们活在恐惧当中，是很难看到一个事实的：现在的我，比过去的我要好得多。我现在的生活，比我父母的要好得多。

如果你时常担忧自己重复父母的命运，就会让自己一直活在父母的恐惧当中，这会让自己不断否定努力和所得。

当你发现自己又在父母的故事里，可以对自己说这样一段话——

我的生命虽然来自父母，但我们是不同的生命。

我与他们完全不一样，我的命运也必然和他们不同。

因为他们的痛，令我有更多的动力和勇气，活出不一样的人生。

他们的故事，是有巨大价值和意义的。

他们活在过去的恐惧中，无法从限制中出来，那是他们的选择。

我可以选择，不在他们的恐惧中，也不在他们的限制中。

事实上，我已经做出了这样的选择。

我正走在这样的路上。

（2）正念看待自己的能力

在职场当中，年轻人会有一个很普遍的状态，叫作眼高手低。

重要的事情轮不到自己做，简单的小事又不屑去做。忍不住对同事和上司品头论足，挑剔他们的缺点和问题，但自己又未必事事都比他们做得更好。不管任何工作，都坚持不了太久，几个月就到了极限，频繁跳槽，不知道自己到底能做什么。

当年轻人接触到更多的互联网信息之后，这种眼高手低的毛病，就更加严重。因为所有的成功，看起来似乎都只差那么几步而已。“这看起来并没有很难啊”，然而真正去做的时候，一旦遇到挫败，就开始认为，“都是 ×× 的错，这是一个糟糕的公司，糟糕的老板”。

过于高估自己的能力，缺乏对自己能力的正确评估，会引发持续的傲慢。

傲慢就会带来偏见，它们是一对双生子。傲慢和偏见，会让人看不见客观和真实，不舍得去锤炼自我，看到别人轻松的泳姿就以为游泳很简单，却不舍得跳下水去真实感受那种辛苦。

而另一面在中年人里更为普遍，叫做“自我设限”。

在固定的环境和模式中，失去了过去的勇气和好奇，对变化非常恐惧，害怕自己任何的一个失败就让一切退回到原点。

明明拥有着比年轻时更好的基础、更多的经验，却比过去更加感觉到“受困”于生活，无法动弹。

不断发生的新鲜事物，让他们既焦虑又恐慌，想了很多的改变，最后还是停留在原地，总是忍不住对自己说“我的人生就这样了”“我也没办法”“我不可能过得更好了”。

过于低估自己的能力，不肯原谅自己的错误和失误，会引发持续的自我否定。

自我否定，就会引发自我攻击，就会无法看见机会和幸运，错过再次发现和挖掘自己能力的很多选择。当看到身边人更好，把自己甩得更远时，又会引发更多的自我否定，循环往复，直到再次放弃自己。

要看到的一个事实是，生命是一条河流，它是不断变化的，我们控制不了河流的变化。

没有所谓的很简单的事，也并没有那么多极其复杂的事。

把事情想得过于简单，或者过于复杂，只是因为，我们不那么确定——我是谁，我可以做到什么。

正念看待自己的能力，分为两个部分，正念看到自己能做到的，同时也正念看到自己做不到的。

对于自己能做到的，用正念去转化它们：

我能做到这些，是因为我拥有这样的品质、资源和能力。

这些品质和能力，有先天父母给我的，也有后天我自己获得的。

它们就长在我的身上，我不必害怕它们会消失，只要我需要，我随时可以用到它们。

因为具有这样的品质和能力，我可以拥有更多的选择、更多的机会、更大的世界。

只要我愿意，我就可以运用这些品质、资源和能力，去拥有更多新的品质、资源和能力。

对于暂时还做不到的事，尝试用不同的方式去表达。

将“问题”转化为“情况”：当面对问题的时候，尝试去说：“我现在面临的情况是这样的。”

将“困难”转化为“挑战”：当面对困难的时候，尝试去说：“这对我来说，是一个新的挑战。”

当面对压力和担忧的时候，可以跟自己这样说：

所有我还做不到的部分、遇到的问题，只是因为我还没有准备好去经历这些情况，我还不足够理解这些情况。所有我看到的困难，对我来说，都是新的情况、新的挑战。

我意识到，在这些新的情况和新的挑战里，有我想要拥有和得到的部分。所以，我选择了去面对新的情况，接受新的挑战。在这样新的经历中，我会锻炼出新的品质、资源和能力。

而且，我正在得到它们的路上。

体验一下，当你这样去表达的时候，内心的感受和日常会有哪些不同呢？

也许，你就能开始理解这八个字：面对复杂，保持欢喜。

（3）正念看待自己的性别

在中国很多的家庭教育中，女性经历过一段漫长的家族催眠阶段，从出生开始，周围人就试图让她们相信：女性是脆弱的，女性无法脱离男性独立生存，女性天生不如男性更有力量。

这种信念，导致了两个极端。

一个极端是：否定和拒绝所有的脆弱，用自己的生命去证明，女性就是比男性更好，不停地去对抗男性，把所有两性关系都变成竞争关系。

另一个极端是：接受和放大所有的脆弱，被动依赖男性，不敢去主导自己的人生，不断地寻找一个人来为自己的人生负责。

当然，绝大多数接受过教育的女性，是在这两种状态中摇摆不定的：有时候想要更强大，有时候也认为依赖更幸福。

这些状态的背后，其实有一句潜台词：因为我们是女性，所以我们注定是受害者。

这是一种关于性别的自卑情结。

其实不管是男性还是女性，性别都对我们有不同的捆绑和限制。只是，本性的差异，使得我们很难去了解对方内在真实的“受害”。

作为女性，我的家庭并没有重男轻女的观念，但我所经历的是第一个极端，我的母亲更多的是用养育男孩的方式来对待我，自我初中以后，她就给我剪男孩的发型，穿更中性的服装，否定我的依赖和脆弱，她要证明：虽然她生的是女儿，但是比其他人的儿子更强。

在我母亲自己的亲密关系里，她跟我的爸爸也是竞争关系，她一方面抱怨爸爸的各种缺点和问题，一方面却非常想要赢，要付出，要证明自己更好。

小时候的我并不能明白这些。在青春期之后很长的一段时间里，我讨厌男性，无法跟他们真正地和平共处，所有恋爱都无法持久。成人之后，我讨厌婚姻，觉得自己不合适结婚，遇不到可以匹配我的男人。

当我意识到这些之后，我花了很长时间去了解、接纳自己女性的身体，去感受和享受女性的身体、角色带给我的美好和灵感，当我跳出了“受害者”的思维之后，我就不再恐惧爱和婚姻了。

我们并不是因为女性的身体而受伤，令我们受伤的，是对身为女性的“自卑”。

女性的身体，既拥有力量，也拥有柔软。我们既可以成为坚强的女王，也可以成为脆弱的少女，这些都是美好的体验。

只有同时接纳这两个部分，才能随心转换，拥有更深层的自信。

请女孩们在心中对自己说：

我是一个女孩，
我有女孩的外在身体，
我有女孩的内在感受，
我天生就是这样的。
但我的父母并不知道，

该如何去养育一个女孩。
所以，女孩的很多部分，
并不受到欢迎和呵护。

我有很多的委屈，我想要比男孩更好更强。
所以我只能把委屈都藏起来盖住。
只是很多时候，
我感受到了，那份委屈依然还在。
那份想要被欢迎、被看见的部分，依然还在那里。

欢迎你，美丽可爱的女孩。
你爱哭，你也爱笑。

欢迎你，我的眼泪，我的悲伤。
欢迎你，我的脆弱，我的敏感。

每一个女孩，就像一朵花一样。
她们会开放，也会凋落。
她们天生是不那么稳定的。

但如果这世上没有了花朵，
该是多么的无趣，多么的暗淡啊。

从今天开始，
我会来照顾我心中的那朵花，
去接纳她的不稳定，

去看见她需要美和爱，

她会一直开放在我的心里。

◎　不要悲伤。你失去的任何东西都会以另一种形式回来。

——鲁米

放下自恋之心

1. 过度自恋，是自信的杀手

社交场合总会遇到这样的人，他们侃侃而谈，跟谁都能聊个不停。表面看起来，他们是社交高手，所有话题都能接住。但很多人聊完转身以后，明显露出一种终于可以跟他告辞了的放松。

忍不住刷存在感，无法允许聊天之中有停顿间隙的人，活在一种很深的焦虑当中。太需要关注，就会忍不住地表演，如果内在并没有那么多可输出的深度内容，只会暴露出内在的肤浅。而且，言多必失，说得越多，纰漏也更多。

而另一种人，他们的表现是，人越多，越内缩悲伤。通常遇到这样的人，他们会说：我有社交障碍。可假若是在恋爱中，他们的表现就截然不同，不仅特别热衷表达，而且对自己的敏感和伤痛直言不讳，就好像终于找到了一个出口，可以揭开那个盖子。

说到这里，就不得不提到希腊神话中一位著名的人物：那喀索斯——一位贪恋自己在水中的倒影，最后憔悴身亡的美少年。传说中，他最后变成了岸边的一株水仙花。

弗洛伊德认为这是人的一种“自恋情结”。

自恋源自人需要不断去验证一种存在感。

我是有存在价值的。我是被爱的。我是与众不同的。

但如果人的内心，无法让自己真正确信，那么，自恋就会引发很多夸张的行为：行为表现浮夸、需要他人高度关注、对他人评价过度敏感，等等。

每个人本质上都有自恋的一部分。自恋的感受，能让人有强烈的配得感："我比其他人更好，所以我值得拥有更多的爱。我得到什么，都不足为过。"

可一旦没有这种感受，思维也会转换到反面："其他人都比我好，所以我不值得拥有更多的爱。他们一定会去爱比我更好的人。"

过度自恋，是会杀掉自信的。

这也是很多年少时特别美丽优秀的女孩，长大之后却并不一定维持卓越的原因。

她们一直要苦苦维持"女神"的包袱，一直追求"与众不同"的感受，反而太害怕受挫，不敢去追求自己真正想要的生活和爱情。在爱情上，她们习惯找一个能捧着她们的人。事业上，她们早早就找到一份有足够优越感的工作。

然后，她们就进入了自缚的茧中，不敢再轻易尝试新的选择，不敢丢掉"优雅"的面具，直到眼睁睁看着那些更勇猛的人，把她们远远甩在身后。

不管是用极度自信刷存在感，还是用极度悲伤刷存在感，都是深重的自恋情结。

希望别人认为自己特别优秀，还是用特别差劲来吸引同情心，其目的都一样：引起他人的关注，脱离"普通"的状态，成为"特别的存在"。

这并不是什么错。

有了孩子之后，我很自然地理解了这种渴求。所有的孩子，都会认为自己是世界的中心。尤其是在婴儿阶段，他们的任何需求，往往都能很快得到回应和满足。如果婴儿没有被满足，他们会不停地哭泣，或者发出各种吵闹的声音，用一切可以影响大人的行为举止，来表达他们的不满。

只有少数孩子会在未成年之前，可以得到明确的信息：父母有自己的世界，我不是他们人生的中心，更不是世界的中心。

然而，大多数人跟原生家庭的关系，是各种情绪的纠缠，以及模糊不清的边界。虽然痛苦，却无法分离。父母和孩子彼此都在索取关注，都想成为对方世界的中心。

在我所经历过的个案中，我会发现，很多父母不断给孩子灌输一个所谓的“真理”：这世上除了我，没有人真的爱你。

即便孩子已成人，父母依旧热衷在他们的世界刷存在感。只是他们捆绑彼此的方式，变成了比谁更惨，或者，比谁更好。

当父母不停跟他们抱怨生活的时候，孩子就会忍不住地去搞砸自己的人生，然后去跟父母说：“我都活得这么痛苦了，我都这么难了，你就不要再抱怨了。”

特别典型的一个事例是：当母亲不断给孩子打电话抱怨父亲，已经长大成人的孩子就一定会找各种理由跟伴侣吵架，然后不断问自己，我的婚姻为什么这么糟糕，我看不到任何希望，为什么我还要坚持？

当我把这个游戏描述给她们的时候，本来痛苦想哭的她们突然就笑了，为什么要去玩这么幼稚的游戏呢，还玩了这么多年？

当父母喜欢用痛苦刷存在感的时候，子女是无法允许自己过得轻松、愉悦、满足的。

他们无意识地就会去满足父母的“自恋”，去关注和同情父母，而代价就是他们无法相信自己会比父母过得更幸福，这就是一种深深的“自卑感”。

相反，当父母只允许孩子表现优秀、完美，那么游戏就是：比谁更厉害。

我见过很多一辈子只生活在小城里的父母，却遥控指挥在大城市生存的孩子，并且不断去鄙夷他们的选择：你在那儿能挣多少钱啊，还要熬夜加班？我看你奋斗了这么多年了，混得也不好，回来算了。

表面上看，他们是心疼子女，无意识的内在则是想去证明：我比你厉害，我可以被依赖，我是有价值的。

当父母在这种“自恋”中深深相信：我比你更知道，你该如何生活，你该如何选择。这种“爱”的传达，只会让子女陷入自我怀疑和自我否定的困境。

而那些特别优秀的父母，他们确实通过努力成了一代人中的佼佼者，往往就无法接受——我的孩子是普通人，她们应该跟我一样出类拔萃，并且比我更强。

他们无法接纳孩子的脆弱和缺点，往往还会毫不留情地打击孩子。子女慢慢活成了傲慢的雕像，只能用优秀刷存在感，时时刻刻关注他人的评价，很难跟他人表达脆弱和挫败。

“我比其他人好”，这确实可以引发周围人更多的关注和恭维。特别是，曾享受到过鲜花和掌声的人，就会更加迷恋这种感觉，总想着重复去体验更多这种感觉。

而“我比其他人惨”，同样可以获得更多的关注和同情。特别是，当他们无须努力就能获得他人的妥协和支持，他们也会不断去重复这样的表演。

但这种执念过于巨大，人就会放弃真实的自我。

这样的模式起初一定是有效的。所以，它就慢慢变成了一个模式，变成了活着的执念。

但是，渐渐地，你也会离“自信”越来越远。

因为自恋，是需要观众的。有观众捧场的时候，它就出现。没有观众喝彩的时候，它就崩溃了。

可其他人都是有自我意志的，他们不会一直在那里，以你想要的方式，给你想要的回应。一旦你曾经得到过，之后无法得到，“自恋”就会受到重挫。

久而久之，就会忘记，我到底是谁？

我的人生，到底是为了我自己高兴，还是为了让父母更满意呢？

我的人生，到底是想要活出自己的价值，还是活给其他人看呢？

沉迷自恋，会不断扼杀掉真实的自己，也不会生长出真正的自信。

因为你知道，那些部分是强撑着的表演，光环带来的满足永远都是暂时的，相比起来，那之后的失落和恐慌却是更加巨大而漫长的。

不是世界不对，也不是爱的问题，真正的痛苦来自这个模式。而最好的选择，就是做那个先放弃这盘游戏的人。

人真正的成熟，是真的开始接纳外界：我不是世界的中心。别人并没有那么在意我。他们的一个眼神、一句话，他们今天的心情、状态，与我没有那么大的关系。

父母的命运并不是我们可以改变的。

他们如果决定做一个不高兴的人，无论我怎么样，他们都不会高兴，因为他们已经不会高兴了。

放下自恋，这并不意味着，你要从此活得平庸、消沉。

恰恰相反，这只是意味着，你不会再去放大别人的关注、评价，你也就不会因此过度受伤。

然后，你才可以省下那些心力，去做你该做的事、你想做的事，去活出你自己。

2. 没有人能让你相信你很好，除了你自己

很多人会看见自己的自卑，却未必能发现自己的自恋。

自恋的信念往往来自相信：世界上就是有更好的那一个，最好的那一个。

一旦有这个信念，那就难逃“比较之心”。

世上最消磨内在信心的事是什么？

在我看来，莫过于喜欢比较。

在互联网世界里，比价实在是再容易不过的事，即使你本不爱比价，系统算法也会帮助你去做这件事，当你搜索过一件物品之后，它会给你推送看起来相似却更便宜的款，甚至图片都看起来一模一样。

物品价格完全不同，长得却很像的两样商品，真的是一样的吗？

我曾怀着这样的好奇心试验过，买回来就发现，质感、做工、版型根本完全不一样。

自小学时代开始，我就发现，人和人之间的比较之心，真的是烦恼的根源。尤其女孩子一早已经懂得，同学里谁的裙子更时髦，谁的皮肤更白皙，谁的身姿更苗条挺拔，谁的追求者更多。

到了恋爱阶段，如果知晓对方的前任们比自己更好，那就如一把剑高悬在心口一样，但凡对方有所异动，就会担心，是不是我不如她好。

“更好”和“最好”，无疑是催人奋进的一个目标。

成长过程中，会听到无数遍：谁是更好的，谁是最好的。这是大人们可以挥舞的一根指挥棒，几十年以后，无需有任何人来挥舞，我们自己就会接下这根棒，乐此不疲地玩这个游戏。

但要是时时都掉落在里面，结果就是身心俱疲，忘记了真正的目标。

恋爱中的读者如果来找我问建议，那我一定会忠告这一句：不要问，不要打听对方的前任过往。即便他想说，也一定要坚定地说：“抱歉，我并不想知道。”同样地，自己的过往也无须告知，咬紧牙关也要吞下去。

但凡是人，就难免生出比较之心。知道的细节越多、故事越多，可拿来比较的素材也就越多，最后都会因此争吵不休。

可有些人，明知自己无比介意，却要自寻烦恼，非要从对方嘴里撬出前尘往事，假装淡定地说“我不介意”，其实听的时候，心里已经跌宕起伏了。

越是想要证明：我是更好的那一个，我是最被爱的那一个。痛一定越多，失落一定越深。永远在“我不如他人”或者“我优于他人”之间摇摆，只会带来无尽的烦恼。

有天午夜，收到朋友的一条短信，她终于听到前任说了一句：“现在才知道你有多好。”听到的那一瞬间，无比安慰，觉得所有委屈都有了出口。可转念一想，无非是他遇到了更没心没肺的人，转而才懂对她造成的伤害。

经过一些事之后，人应该学到一个道理：但凡让你觉得“我不够好”的关系，都不适合你。父母是没得选，除此之外的其余关系，都是有选择的。

而另一个真相是：如果谁都无法让你觉得自己还不错，那么，没有人可以让你相信这一点，除非你自己愿意相信。

好友结婚后，一度看公婆脸色行事。他们惯用的话术，无非就是：谁家的媳妇又生了个儿子，谁家的媳妇家底雄厚，而你怎么嫁到我们家这么多年，连本地话都还不会说。

起初她也是唯唯诺诺，因为母亲一直告诫：嫁过去了，就要把公婆当父母一般，不要顶嘴，不要忤逆，才有好日子过。可最终，她发现，她越按他们的标准来努力，他们越是不满意。

按照她的话说，生活让她练就了铜墙铁壁一般的脸皮，无论他们丢什么刀过来，她都能让这刀滑走。

十年过去之后，她从二十几岁的少女心修炼到了四十岁的钢铁心。

当公婆发现，这些夹枪带棒的话再也影响不到她，她再也不会为此妥协，更不会为此低眉顺眼。突然这个游戏就宣告了结束。

当别人只是说出“你不够好”“谁比你更好”，就能成为你情绪主宰的时候，你就受限于此，无法再按自己的意志生活。

当我们能把视野拉得再大一点，把比较的时间维度拉得再宽一点，结果就完全不同。

没有人可以是最好的那个存在。

所有的“更好”，永远都是相对的，且无法持久的。

没有人可以一直在榜单的第一名。

一旦你想成为他人世界的中心，就会升起改造之心、控制之心、贪妄之心。

如同很多父母对孩子一样，自以为牺牲了自己，却不知，那是因为他们的时间、心力都花在了改造和控制孩子上。

那么，自恋就全都是错的吗？

适度自恋，确实可以让人体验到男女主角的快感。生而平凡，需要某些时刻感受到不一样的光环。

但脑补得太多，就活在了剧情里，而不是活在真实里。

你很重要。但，你也没那么重要。世界没有了你，一定会有人哭。但，更多人只会冷漠而过。

这才是永恒的真实。

当我们能接受这个真实，心就不必每天如坐过山车般跌宕起伏，也不必因某个眼神、某句话而心碎欲裂。

这样，当其他人挥舞起那根“比较之棒”，你就不会再那么轻易被影响和控制。你的心就能更好地平衡在其中，不会因为足够好而过度轻视一切，也不会因不够好而过度攻击自己。

你知道，你就是有好的部分，也的确有不够好的部分。

但你是有价值的，你是被爱的，你是独一无二的。

想要证明自己足够好，当然是人生必经之路。

但唯有不再比较，才能拥有自由。

3. 他人不想为你改变，不是因为你不够好

在人和人的关系上，我们从所有故事中似乎得到了一种信念：足够爱，是可以冲破一切的。公主与骑士，王子与灰姑娘，只要足够相爱，就可以冲破阶层的差距。

美女与野兽，只要足够相爱，甚至可以突破物种的差距。

美人鱼为了救自己爱的人，可以行走在刀尖上，最后化为泡沫。似乎在爱面前，任何东西都是微不足道的，都是可以化解的。

事实上，所有关系中，除了父母与子女的关系之外，爱情是最能满足人“自恋”情结的。

情人眼里出西施，无论你是谁，在爱的滤镜下，ta的一举一动在你眼里都是特别的、独一无二的。当你被那个人吸引，当你想要得到ta，你就会给予ta最多的关注、付出，让ta成为公主、成为国王。

可当光环落幕，关系落定，你得到了对方，也就开始看到光环背后那不完美的一面。

但更大的执念来自，想要让遇见时的那份百分百的关注，成为一种常态。

很多人在恋爱中的时候，最痛苦的疑问之一是：他为什么不能为我改变，这么小的事情都做不到，他不再像之前那样爱我了。

当然，更痛苦的莫过于：想跟我在一起的时候凡事迁就，但在一起以后，他居然就变了。这是不是说明，得到了就不珍惜了？我已经没那么重要了？

很多感情，不是不能共患难，而是不能同富贵，苦难时可以相互守望，舒适时却相杀相克。

一旦你进入到执念里，相信“如果爱我，就要始终关注我，为我改变，否则就是不够爱我”这句话，你就会失去所有爱你的人，不管是父母、子女，还是爱人、朋友。

相遇时，当然是美好的。如果不够美好，也就没有后面的故事发生。

但童话故事的结尾只会写——他们从此过上了幸福快乐的日子，却从来不会写“在一起”之后的故事。

所有的在一起，最终能否走下去，不是看当初够不够相爱，而是看，两个人是否都能各自独立。

人生是一个很奇妙的循环。

很多人看起来爱的是不同的人，但相处起来，却依旧是同一个模式。

一度被恋爱关系困扰的小A跟我说：“为什么我总是遇不到合适的人？”

她的第一任B，是她的大学同学，B很努力地工作，想要跟她结婚。可她却不满意他经常加班，无法陪她。抱怨他不懂生活、没有情趣。争吵频繁发生，他们走向了分手。

于是她找了第二任C，C家境很好，无须那么努力，精通享乐。

在跟C恋爱了一段时间后，她却陷入了失望，因为C永远不会把她当成唯一，C也没有马上跟她结婚的想法。她跟C在一起，远没有跟B在一起有安全感。这种患得患失，让她备受折磨，C无法忍受她的情绪化，直接宣告分手。

小A并没有看到，不管是B或者C，没有人可以同时给予陪伴、安全感和享乐。

她想要的人生，有很大一部分，是需要她自己来负责的。她不是公主，对方也不是王子。

每一段关系，都一定有满足你需要的某部分，但也一定有无法满足你的部分。

因为，没有人能满足你全部的幻想和需求。

当我们是小孩的时候，总会觉得，父母只要愿意，就能给自己想要的所有的爱。如果他们不给，那一定是他们不愿意，不够爱。

所以小时候，想要的爱得不到，就会怨憎父母，怪他们不爱自己。

很多人在成年后，依旧无法接受，父母也是有很多缺点的普通人，而且满身创伤，自顾不暇。

无法接受这点，就不能从婴儿般的“自恋”里走出来，依旧继续期待，能有一个人把自己当成世界的中心一般去爱。

只有当这个孩子深刻明白：想要什么，必须要靠自己去得到，他就开始真的长大了。

他不再认为，别人喜欢我，就应该满足我，这是理所应当的事。成熟的心智会懂得：他人可以给你爱，但给不了你想要的所有的爱。

如果你能理解得更深一点，你会看到：我们想要的爱，可能每一天都不一样，每一个阶段都不一样。

这些变化，可能很多时候，连自己都看不见、摸不着，无法理解，也无法表达。

只有当自己委屈、痛苦的时候，才能看见：噢，原来我想要的不是这些，不只是这些。

看清这一点，才可以去分辨——得不到的永远在骚动，永远是最好的，但这并不意味着你不够好。

任何在关系中的自信，不是看对方为我牺牲了多少，为我付出了多少，而是看看，你有没有因此成为更好的人。

那些内心强大的女性，会把所有的恋爱，都化成自己人生的养分。

跟A谈恋爱，学会了摄影。

跟B谈恋爱，学会了读书。

她们才不会浪费力气去改造谁。

因为她们忙着成为更自信、更有魅力的女性。

如果在一起，都能保持初心，彼此成全，即便到了分离的那一天，也一定能潇洒而体面地互相说一句：遇见你，有喜有悲，我变得更了解自己了，变得更好了。也祝你会遇见更好的人，因为你值得。

◎ 昨天的我聪明，想去改变这个世界。今天的我智慧，正在改变自己。

——鲁米

穿出自信，找到自我风格

1. 找到自己的色彩能量

在我二十岁的时候，我极度迷恋黑色。每次下定决心要穿一些别的颜色，但最后还是买了黑色。好朋友到我家里，打开衣柜，一脸嫌弃地说："你怎么一衣柜都是黑的，一点不像二十几岁的女孩子。"

那个时候，我还不懂，色彩对人的内心有极其深度的影响。后来回想一下，为什么当时喜欢黑色？不是因为黑色更显瘦，或者黑色更衬我，而是因为不想被看见。黑色能让自己感觉是安全的，是可以躲起来的，是不被注意的。

等到后来，我开始喜欢蓝色、紫色，也是从那个时候开始，我开始喜欢表达和沟通了，对自我的表达能力也多了许多的认可。

之后在怀儿子的阶段，我突然发现了绿色的美。那时候虽然是孕妇，也给自己买了很多绿色的衣服，感受到绿色中的生机勃勃，那种向阳而生的力量，后来给孩子取名字的时候，也选了一个与树木有关的字。

等到怀女儿的时候，爱上了粉色，从此衣柜里多了很多粉色的衣服。孩子出生以后，自己也很喜欢粉色。原来我会认为粉色是少女才可以穿的颜色，有扮嫩的嫌疑，但现在我很喜欢粉色的轻盈感，如玫瑰色的雾一般。不同色调的粉，也会有差别，灰粉色、裸粉色都是很高贵的颜色，是令人身心更愉悦的颜色。

还有白色。那是我少女时期不被允许穿的颜色，因为不耐脏。但现在我的衣柜里有很多的白色，我有很多件不同款式的白衬衫、白裙子，它能让我身心更加平和、接纳。

再到后来，我学习到了不同的色彩有不同的能量，我对很多颜色都有了不一样的感受。

如果你愿意去体验每一种色彩的能量，那就意味着，你找到了用颜色调节状态的某一种心法。

现在，我会经由这段时间喜欢的颜色，去发现内在的状态是怎样的。能让你感受到自信、欢喜、平和的颜色，就是当下你所需要的能量。

当一个人状态很好时，是很容易选择令自己更愉悦、更自信的颜色和着装的。但状态越不好，反而越容易潦草、邋遢，选择让自己看起来更加糟糕。

因为那时的你会认为自己不配得那样的美好，这也是为什么很多人把漂亮的衣服闲置，反而天天穿松垮旧衣服的原因。

在状态低沉时，是否还愿意体面精致地出门，这也是判断一个人内心是否强大的标志。

越是状态不好，越是需要有力量、令自己欢喜的颜色，让自己从中得到喜悦和鼓舞。

2. 美或者不美，都是一种习惯

很多关于时尚穿搭的文章里都说：经典单品，最值得花钱。

当时还不懂，总是花大价钱去买那些特别流行的款式，因为它们看起来更特别，结果大概率都会被闲置。真正需要花钱去买的，应该是日常很多场合能反复穿的简单着装。

这些适合日常的经典单品，可能并不足够时髦，颜色和花色也并不那么抢眼，但是有很棒的质感和剪裁，能极好地修饰你的身形、衬托出更好的气色。让你看到镜子中的自己，就能忽略身材的缺点，更多地看到自己的光彩。

我以前并没有意识到这一点，因为内心似乎认定，日常穿的衣服，并不应该需要花大价钱购买。可最终只会发现——你没有那么多的特殊场合可以穿。而且过于流行、扎眼、隆重的服装，并不会让你感觉到自在和自信，反而是一种压力。

当人真正爱自己的时候，并不需要特殊的时刻来成全自己的美。

只要有需要，你就可以美。而更大的自信来自习惯自己是美的。当你习惯了这种习惯，你会发自内心地相信自己就是美的。每一天都是美的。

这种习惯还会带来一个巨大的改变，就是你会开始留心、研究美，不断地开发自己，去发现我如何才会更美，什么样的衣服更适合我，不同场合如何着装更得体。

即便是需要舒适穿着的全职妈妈，也可以让自己穿得令人愉悦，令全家看到你都更愉悦。

习惯美是一种选择，习惯不美也是一种选择。

它跟身材、年龄、长相无关，只是你选择，让岁月给你馈赠更多美丽和自信，还是让岁月不断偷走你的美丽和自信。

这种选择的背后，不只是一种单纯的虚荣心，而是敢不敢相信——我配得上更美丽自信的人生。

也许起初，你会有很多错误的尝试，试图去复制并不适合你的某种美。不要被这种挫败打败，这是每个人的必经之路，毕竟每个美人都有自己不想面对的旧照片。

但渐渐地，你就会知道，那些都是适合别人的，并不适合你。

因为没有两片叶子是一模一样的，与其说我想像谁那样美，不如认真看看自己的五官、身材，去看看相似的风格里，有哪些是你可以学习的。

最终成就美好的要素，绝不是钱，而是时间。是你把自己当成宝藏一般，愿意花在自己身上的那份时间和心力，让你不断去挖掘到更多的美好。

3. 时尚易逝，风格永存

过往，在我理解风格的时候，我都会认为：那是一种需要很努力去营造的一种风格，与众不同的、炫酷的，令人耳目一新、过目不忘的。

每当遇到特别有风格的人，总是难免会找到很多理由，比如对方身材很好，气质很棒，有良好的家世、教育背景等等。

可当我见过更大的世界以后，我发现所谓的风格，它首先来自一种放松。

不是这个人很努力地去匹配这件好看的衣服，而是特别放松地穿着这件衣服展现真实的自我。

令自己感到沉重和压力的衣服，不是自我的风格。即便是明星，衣品好不好的区别都不在于身材，而是在于是否足够轻松和自信。这就是为什么有些人不管穿什么，即使是非常简单的衣服，也都能穿出不一样的味道。

而这个部分，一定来自对自己身材、长相、气质的接纳，以及清楚地知道，我想对世界展现什么样的自己。

如果你穿这件衣服的时候，想的是另一件更好看，别人穿得更好看，这种自我否定就会让自己瞬间很低落。

长期穿得松垮、随意、邋遢，也会给自己一种强烈的自我暗示——我不重要，我是一个可以被随便对待的人，我不配去那些美丽优雅的场合。

这就像，再美丽的花也需要好看的花器、花瓶来装。而同一朵花，插在不同的花器里，会是截然不同的风格。

找到风格的过程，就是找到自己的过程，找到一种既令自己舒服，也愿意跟世界展现自我的方式。

如果自己并不舒适，也不愿意展现，那就说明这还不是自我的风格。

不过追随潮流，一定是一个必经的过程，因为潮流太强大了。流行的东西，会让自己感到安全和满足，仿佛自己拥有了时尚。但随着风潮逝去，看到那些就会陷入自我否定——因为，那并不适合我，我怎么会去买这些呢？你会感觉到被时尚操纵。

这种关系，其实就很像我们跟世界的关系。

能去确认自我的风格，不必被时尚捆绑，是能给你带来更深的肯定和自信的。

我很喜欢的法国时尚偶像伊娜（Ines de la Fressange），曾经是香奈儿签约的第一个模特，也是老佛爷深爱过的灵感缪斯。跟现在高级冷淡的超模比起来，她的台步真的是精灵一般，既随性自然、天真烂漫，又性感妩媚。法国报纸评价她就像餐厅露台的一杯冒着气泡的香槟。

可是如此令人艳羡开挂的职业，她却宣告退出T台，不再履行和香奈儿的十年合约，因为“模特是不能主观选择的职业，只能被选择”。

在这一切的光鲜背后，她却觉得自己“傻里傻气，貌不出众，一直是个弄臣，像宫廷里的小丑”。

她选择了回归自己的生活，低调地结婚，低调地做起了设计师。可是她设计的风格和款式，完全是香奈儿那样的奢华时髦风，这令投资人和市场感到失望。十五年后，她才终于拿回了自己的品牌权。

这个世界的女性，也不再是十几年前需要穿着奢侈套装才能征战的人了。女人们不再迷恋高跟鞋、紧身裙，而是更喜欢平底鞋、球鞋这些舒适自在的单品。

离开香奈儿，正因为她一点也不留念奢侈品带给自己的光环，她就是她自己，并不需要水晶鞋才能成为公主。

没有任何人可以一直年轻，但你可以选择在每一个年龄展现不同的风格，活出不同的魅力。

不用自我设限，不是足够贵、足够奢侈、足够有钱，才可以拥有自己的风格。

你与世界上其他任何一个人都不相似，这本身就是一种风格。而你选择的风格，只是为了去成全自己本身就拥有的美好。

这就是我所理解的风格，它来自深深的自我接纳——我是美的，我值得拥有美。

◎ 有时候，不是因为看到了才相信，而是因为相信才看到。

——泰戈尔

断舍离，走出不自信的舒适区

1. 断舍离到底是什么？

从我高中毕业以后，人生就是一个不断变换居所的过程。从离开原生家庭，到武汉读大学，到毕业后深圳租住过的房间，再到自己的房子，然后举家搬迁到杭州。

每一次搬家，我都会产生无数的自我否定：为什么我会买这件东西，生活上毫无用处，甚至根本忘记了家里有这个东西的存在。可它真实地存在，并且占用了我的居住面积。

有几类物品，多半都会让你产生否定和后悔。

1. 因为太便宜而购买，并不是发自内心的喜欢。

除了当初购买时因为便宜而感到开心，之后每一次的使用，都会让你感觉——它不够好，你没有那么喜欢，为什么不买一个更好的呢？

2. 价钱太贵，超出你的预算，却无法物尽其用。

这类物品，买的时候多半是昏头的。以为拥有了它，就似乎拥有了更好的人生。然而，得到的却是每一次看到它，只是看到自己不理智的虚荣和欲望。它并不适合你。足够贵的，对你来说，未必就是足够好的。

3. 因为别人拥有，于是你也要有。

每个女人大概都会有因为某件衣服穿在别人身上很好看，于是也疯狂想要拥有的阶段。如果你不知道自己是谁，那么潮流和环境足以掌控你的一切生活。因为他人有，所以我也要有。这种得到产生的快乐，极其短暂，除非这个确实是你需要的、喜欢的。否则，在得到的那一刻，就会变得索然无味。

因为，这件衣服在你身上的效果截然不同，并不是你以为的样子。

就像很多人会拿着一张照片跟发型师说，我要这样的发型。结果或许是好看的，但也一定和照片的样子截然不同。如果你不够接受自己，你就会无比地失落。

因为你想要的根本不是那个发型，而是那张脸，和照片呈现出的一种整体气质。

如果引申到关系上，感受和结果也是一模一样的。

我们跟物品的关系，往往映射出的就是我们和人之间的关系。

如果因为对方远不如你好，而选择他，你并不会因此觉得占了便宜，也不会获得真正的安全感，而是不断质疑自己——我为什么要和这样的人在一起？

如果因为对方能满足你的虚荣心而选择他，这就会是一种巨大的压力，要伪装一种“我配得上”的状态，但其实并不能感受到满足和喜悦。

如果因为妒忌或报复而选择某些关系，迟早你会意识到，快感只是来自“我赢了”那个念头。如果对方毫不在意，这个念头瞬间就会被打回原形，全无意义可言。你会后悔，为什么要双手奉上了自己，为自己的贪嗔买单？

断舍离，与其说是一个选择的思维，不如说，它是一个极佳的照见。

当面对这个物品、这段关系、这个状态的时候，选择留下或者丢弃，对此说yes or no。

在这个答案浮现之前，你能够清楚地看见：到底我需要的是什么？到底什么才是适合我的？到底什么才是我真正想要的？

如果无法照见这些，那么，断舍离不过是浮于表面的一场行为艺术，只是粗暴地丢弃，粗暴地否定过去，以及继续简单粗暴地对待未来——很多人丢掉了一堆以后，不过是重新买一堆新的，充斥于自己的空间、生活里，继续过去的无序与混乱。

它并没有给你带来新的秩序，让你开启新的生活。

我的朋友曾问过我一个问题：“为什么你那么爱收拾房间，而且爱调整摆放顺序？”这似乎是我很小就开始有的一个习惯。

情绪糟糕的时候，我就很喜欢归纳物品，整理房间。而且，我发现，在不同的阶段，我喜欢把同样的物品摆放在不一样的位置。

现在想来，这项能力在学习和工作上一样可以运用。作为文科生，我从不花很多时间死记硬背，我有自己记笔记、做复习的方式，就是找各种不同的线去串联不同的知识。

爱整理的人，一定有自己的逻辑。

整理的过程，就是让无序变为有序，塑造新逻辑的过程。

如果你没有意识到，无序与混乱是不自信的舒适区，那么，就很难接近有序和清晰的生活状态，也很难脱离不自信的舒适区。

判断什么时候家里需要断离舍，一个很简单的标准是：能否快速又清晰地找到所需的物品？

当我走近这间房间坐下来的时候，我是头脑清晰又轻松的，还是杂乱而烦躁的？

2. 时时清理，和自己最喜欢的在一起

多年前，一个朋友问我：“为什么我为朋友付出了很多，却并没有感觉到价值？”

表面上看，这个问题是关于：为什么我付出很多，得到却很少？人生为什么总是这么不公平？

但我反问了她另一个问题：“你有仔细想过另一个问题吗，你的时间都给了谁？”

基于我对她的理解，她是一个时间安排很混乱的人。很少去规划自己的时间，朋友又特别多，只要谁表达说需要她，她就会义无反顾地去陪伴。结果就是，感觉自己很忙碌，感觉自己很受欢迎，感觉有很多人需要她，但自己真正想做的事，却被一推再推。

但事实上，那些总是表达需要帮助的人，未必是她真正喜欢待在一起的人，也未必是真正理解她价值的人。她们只是很擅于表达需要，对“使用他人”毫无障碍。

而那些真正对她好、真正理解她价值的人，反而并不愿意过多地占有、浪费她的时间。

如果你在关系上的付出和得到不成正比、极其失衡，那并不意味着——你不重要，你没有价值。而是意味着，你的付出没有放在对的地方。你唯一要做的事，就是清理自己的社交关系，整理你的时间规划。就像整理房间那样，重新整理规划你的时间和精力。

否则，你就会一直在错的人、错的事情上耗费心力，增加自我否定，看低自我价值。

3. 看见真正重要的人和事

很多年前，我和一个曾经亲近的朋友渐行渐远。某天她来找我，

说她很怀念过往相互扶持的时刻，不知道为什么，从什么时候开始，就不再亲近了。

我只是淡淡地说了一句，当我们走上了不同的路，对彼此都不再那么重要了。

在人生的旅途中，一定会遇到几个能陪伴你度过某个阶段的人。只是能从这个阶段，继续陪伴到下一个阶段的，很少很少。

不是当初的感情不够真诚，而是走着走着，我们都会面临选择，遇到分岔路口。

在选择的时候，大多数人并没有意识到，选择的成本不只是离开过去的自己，还包括离开过去的很多习惯、思维以及关系。单纯地以为只要心里有着那段感情，人和人就不会走散，就可以证明自己是一个长情的人。

事实上，你的时间花在哪里，你的心力花在哪里，哪里就是重要的。

嘴上说着“你很重要”，行为付出上却截然不同，这只是一种自我欺骗，并不能骗到他人。

有些人骗着骗着，自己就相信了，于是总活在一种纠结、拧巴中，为什么我的生活不是自己想要的？为什么我不能跟自己喜欢的人和事在一起呢？

内在的原因很简单，因为你不认为自己可以拥有想要的生活，你也没有选择喜欢的能力。

在时间管理中，有一个经典的四象限法则：

1. 重要且紧急的事务

2. 紧急不重要的事务

3. 不重要不紧急的事务

4. 重要不紧急的事务

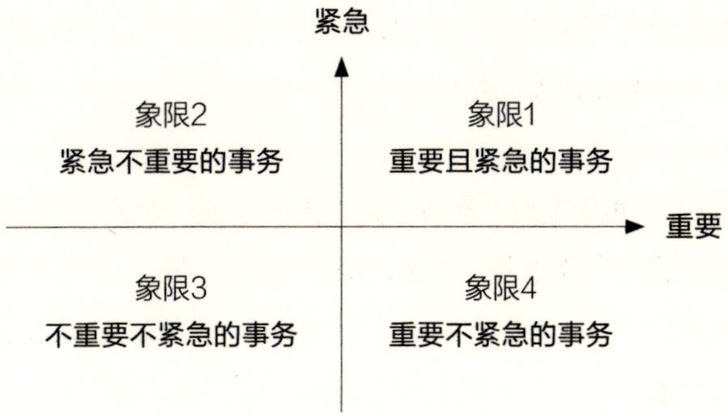

很多人的大部分时间都花在了象限 2 里，总是在做那些看起来很紧急，却不重要的事务。原因很简单，因为不重要的事，处理起来不那么困难，又能让自己感觉到，我很快就做完了某些事。

对比在生活、关系中也一样，谁先约我，谁经常找我，谁就是重要的人。

象限 1 也是很多人需要花大量时间来处理的部分，而且通常这会带来很大的压力，处理完之后，已经感觉到身体被掏空，并无多余心力来考虑其他了。

象限 3 通常是被忽略的象限，但有拖延症，又容易逃避压力的人，反而往往会说服自己，先去做那些会归在象限 3 里的事务。

而象限 4，是最容易被忽视，却又是真正很重要的。只是很多时候，当我们失去了、错过了，才意识到：原来，这些人和事，是那么那么的重要。

象限 2 和 3，都是不自信的舒适区。当你不够自信的时候，很容易就滑到这两个部分里。同样付出了时间与精力，却并没有得到更多的认可，也无法让自我价值被提升。

想要直面象限 1，是需要勇气的。想要看到象限 4，是需要智慧的。

想要看见真正重要的人和事，需要走出舒适区，直面自我需求，才能看到自己真正想要的是什么。

“我以为我想要”和“我相信我能拥有”，是完全不同的内在状态。

活在“我以为我想要”里面，是很难真正要到的。因为太容易找到各种理由：

等我瘦了，我就去买喜欢的那件衣服。

等我这段时间忙完了，我就有时间做喜欢的事。

等我变得更好一点，我才可以恋爱。

等我更强大一点，我就能学会拒绝。

在这个等待的时间里，你的很多信心已经被消耗掉。大多数时候，你并没有感觉离想要的目标更近，反而更远了。

只有“我相信我能拥有”，才会去做，去行动，才有实现的可能。

只有舍弃掉那些不那么重要的人和事，才能看见真正重要的人和事。

试着把题目换一下吧。

现在我就要穿着喜欢的衣服，不用瘦也可以更美。

每天花一点时间做喜欢的事，让我感觉忙碌而充实。

我的下一段恋爱，一定会让我变得更好。

我要开始练习拒绝，这会让我变得更强大。

自信，从来不需要任何外在的理由来成全。
因为，最重要的人，从来不是任何人，只是你自己而已。
而你，永远是有选择的。

◎ 所有事到最后都会是好事。如果还不是，那它就还没到最后。

——约翰·列侬

（全书完）

附录｜采访

自信的力量会给人生带来哪些巨大转变？

以下是一组采访，受访者是九位来自各行各业的朋友。采访由十个问题组成：

1. 当你想到“自信”这个词，当下的第一反应是什么？

2. 你认为，自己在别人眼里，是一个自信的人吗？通常受到他人最多的评价是什么？

3. 你觉得自己是一个自信的人吗？

4. 还记得，在某些时刻，你曾感觉特别自信，或者特别不自信吗？

5. 在迄今为止的人生过往中，是否有一个人／一件事，因为ta的出现，让你变得更加“自信”？

6. 在人生不同的年龄阶段，对自我和自信的理解，有哪些不一样呢？

7. 你的内在和外在，对你自信力的影响，各占多大的比重？

8. 自信对你来说，更多是先天建立的，还是后天的？

9. 当你感觉到不够自信的时候，会做什么来让自己感觉更好一些？

10. 在人生的未来，你期待的一种自我会是什么状态？

·青音：自卑其实是成长的机会·

1. **当你想到“自信”这个词，当下的第一反应是什么？**

我会想到，自我，是一个自我肯定、自我博弈的过程。这个过程像旋转楼梯，自信不是一天形成的，是螺旋式上升，是一个不断把自己打败、跟自己博弈的过程，其实跟别人没关系。

2. **你认为，自己在别人眼里，是一个自信的人吗？通常受到他人最多的评价是什么？**

很多人会说我很从容。在不熟悉的人面前，我不会表现出很自信的一面，但我也不会不敢直视别人的眼睛，不会表现得很局促。

3. **你觉得自己是一个自信的人吗？**

我从小的状态是比较幸运的。我是家里的独生女，再加上我的父母都是教师，我的名字也是他们感情的见证。家庭氛围是快乐、轻松的。

70%的时候，我是自信的。我先生就说，我一直是自我感觉良好的样子，出了事也很少自我攻击，也不会怨恨自己犯错了很傻。我会把坏的事情跟我自己分开，不会影响到自我评价。包括失恋也是，我不会因为一个男人的离开而感到挫败，只会觉得是他们太没有眼光了。

4. **还记得，在某些时刻，你曾感觉特别自信，或者特别不自信吗？**

遇到自己不擅长的事情，就会不自信，比如我对数字就不那么有自信。比如创业这件事，就让我一直感觉到不那么自信，我经常感到自己不是一个好的老板。

对于语言表达、声音，我都是比较自信的，还有我的社交能力。我是一个内向型人格人群里面，比较擅长社交的人。所以我从来不认为，内向型的人是不擅长社交的。

不擅长，其实是因为懒得学习社交。

5. **在迄今为止的人生过往中，是否有一个人／一件事，因为ta的出现，让你变得更加“自信”？**

比如我的研究生导师，她给我很大的启发，她很爱学生，本人很大气，是一个很有侠女风格的老师。我做了她的研究生之后，真切感受到，女性确实既可以优雅，也可以干练。我在她家客厅见过很多名人，像启功、范增，她总是会给学生创造很多接触大咖的机会。

我觉得有些人，你在她身边耳濡目染，就会被点亮。

6. **在人生不同的年龄阶段，对自我和自信的理解，有哪些不一样呢？**

二十岁的时候，我觉得自信就是长得好看。那个时候我对自己的外在是没有那么自信的。小的时候我皮肤不白，有点黑。我还记得有个老师评价我是班里的“黑牡丹”。到了二十四岁的时候，我到传媒大学进修的第一天，我妈就很认真地跟我说，咱去把头发做一下吧。在传媒大学上学的时候，经常感觉到自信心被暴捶，因为实在是美女如云。

后来我在电视台工作了一段时间，就坚决不去了。因为每次化了两个小时的妆，才录五分钟。有一次，我录完节目回去之后，又通知我台词错了，要回去重新打扮，再重录。那个时候，我觉得出镜的工作太没有价值了。

所以后来我喜欢电台，不用出镜，又可以自己掌控节目。

三十岁时的自卑来自情感，因为二十九岁时我离婚了。我发现社会对离婚女性还是有评判的，你会发现，你在婚恋市场上的价值迅速贬值，虽然是我自己主动要离婚的。那个阶段，我会因为离婚这件事，对自己有很多否定。

四十岁的自卑来自创业，我三十九岁时辞职、开始创业，然后发现感情上的折腾跟创业比起来，真的不算什么。创业之后，我更明白婚姻是什么，你的伴侣能不能做你的生活合伙人。

现在回头看，每个阶段的自卑，其实都是你成长的机会，都是因为你还不擅长。

7. **你的内在和外在，对你自信力的影响，各占多大的比重？**

现在对于外在的不自信，已经可以通过很多方法来解决了。内在其实也一样，都是可以提升的。

8. **自信对你来说，更多是先天建立的，还是后天的？**

我认为我是先天更多，因为小时候就是优越感很强的那一类。但我也见过很多后天养成自信的人，我身边很多朋友都是这一类。

我记得，有一次在电梯里遇到一个同事，她穿了一条无袖的裙子，我注意到她胳膊上有一块很大很明显的胎记。我就“哇”了一下，她意识到我看到了那块胎记，就跟我说——这是我的胎记，是独一无二的。那一刻，我觉得她特别有魅力。

9. **当你感觉到不够自信的时候，会做什么来让自己感觉更好一些？**

我会独处。我是一个在独处中才能完整的人。我会听很多音乐，听很多的音频内容。

10. **在人生的未来，你期待的一种自我会是什么状态？**

我对我自己已经算了解了。

未来，我希望把公司做好，把正在做的这些事做好。

青音

作家，家庭治疗学派心理专家

2010 年和 2011 年全国播音主持“金话筒”奖获得者

已出版作品：

《高情商沟通》《幸福的体质》等

· 黎贝卡：自信就是自己给自己信心 ·

1. **当你想到“自信”这个词，当下的第一反应是什么？**

   自从做了博主以后，我有很长一段时间的分享都是基于自己的缺点。我个子比较小、皮肤经常长痘，所以经常研究怎样穿更显高、怎样让皮肤状态更好，等等。但慢慢地我发现，这些缺点反而变成了我的优势，因为很多人看了我的分享都觉得很有共鸣。

   而且我发现就算是看起来很完美的人，她们也有对自己很不满意的地方，也有很不自信的时候。不要拿自己的缺点和别人的优点比。自信这个词，是自己给自己信心。不要吝于赞美别人的优秀，更不要羞于承认自己的优秀。

2. **你觉得自己是一个自信的人吗？**

   就像前面提到的，我以前会很在意自己的缺点，后来发现我也有很多别人没有的优势。不要拿短板跟别人最厉害的地方比，也不要最丧的时刻跟别人最高光的时刻比，专注在自己擅长和喜欢的东西上，就不会有那么多的焦虑和不自信。

3. **还记得，在某些时刻，你曾感觉特别自信，或者特别不自信吗？**

   我在做演讲、拍视频前常常会处于很紧张的状态。但我觉得不自信的时刻每个人都会有，关键是我们怎么对待这种不自信。

4. **在迄今为止的人生过往中，是否有一个人／一件事，因为ta的出现，让你变得更加“自信”？**

   拿爱买这件事来说，小时候我特别爱买东西，那时邻居就替我妈妈担心，说你的女儿这么爱买，以后养不活自己怎么办。我妈特别有底气地说，正是因为她那么爱买，以后肯定会想办法满足自己。

我身边的很多人，包括我的家人、朋友还有读者们，她们都毫无保留地给了我很多信任和爱。拥有一份确定无疑的爱，就会觉得有底气去面对很多事。

5. **自信对你来说，更多是先天建立的，还是后天的?**

后天的，可能是妈妈对我的支持。无论是小时候爱美、长大后决定做记者，还是辞职创业，妈妈的支持都给了我很大信心。

6. **当你感觉到不够自信的时候，会做什么来让自己感觉更好一些?**

我会把自己觉得做得还不错的事情，像放电影一样在脑子里过一遍——应该很多人都会这样做吧哈哈。

7. **在人生的未来，你期待的一种自我会是什么状态?**

自给自足，有能力照顾家人，有余力帮助别人，有底气应对无常。

黎贝卡

时尚博主，微信公众号“黎贝卡的异想世界”主理人

致力于与2500万爱美、爱生活的都市女性分享美好的一切，打造更精致的生活

· 李尚龙：遇到挫折，保持微笑 ·

1. **当你想到“自信”这个词，当下的第一反应是什么?**

   说到自信，第一反应是自卑。

2. **你认为，自己在别人眼里，是一个自信的人吗？通常受到他人最多的评价是什么?**

   在别人眼中，我算是一个自信的人。这可能跟我做事乐观有关。从二十多岁开始创业到今天，每次都会有挫折，但至少都在微笑。

3. **你觉得自己是一个自信的人吗?**

   我觉得是。

4. **还记得，在某些时刻，你曾感觉特别自信，或者特别不自信吗?**

   年轻的时候，觉得许多事都做不好，于是越来越不自信，不自信到不敢跟喜欢的女生讲话。后来发现，这种恶性循环是危险的，你越不自信，事情越做不好，事情做不好的悲观情绪会让自己更不自信，从而事情越做越差。

   而打破这个循环的方式很简单，先设立一个小目标，比如一天背二十个单词，满满完成并恢复自信，用不了几天，就能打破这荒诞的循环。

5. **在迄今为止的人生过往中，是否有一个人／一件事，因为ta的出现，让你变得更加“自信”？**

   有。我曾经的一个女朋友。她告诉我：你犯的错误都很可爱，现在没钱只是因为你在厚积薄发，就算你一无所有，你还有青春。情人眼里出西施，虽然最后她还是嫁给了别人，但那段岁月，我无比珍惜。

6. **在人生不同的年龄阶段，对自我和自信的理解，有哪些不一样呢？**
   年轻时更多的是因为得到异性的认同而自信，中年是因为赚了更多钱、有了更多社会资源而自信，而到了晚年可能是因为身体健康而自信。但到头来，人在离世前，只会因为这辈子是否精彩而自信。

7. **你的内在和外在，对你自信力的影响，各占多大的比重？**
   内在更多，虽然我一直觉得自己是靠颜值走到了今天。

8. **自信对你来说，更多是先天建立的，还是后天的？**
   后天。我是一个先天极其内向的人，后天为了谋生，才天天练习演讲，疯狂练习写作。

9. **当你感觉到不够自信的时候，会做什么来让自己感觉更好一些？**
   锻炼。比如跑五公里。朝阳公园一圈跑完，一切都美好了。

10. **在人生的未来，你期待的一种自我会是什么状态？**
    飞驰学院是我三十岁时做的创业公司，我想我多半会继续关注年轻人的成长和阅读。做自己喜欢的事情，和自己喜欢的人在一起，过完这一生。

李尚龙

作家，飞驰学院创始人

· 李淼：感到不够自信时，就去做一件从未做过的事 ·

1. **当你想到“自信”这个词，当下的第一反应是什么？**

我首先想到“是做什么事都觉得自己会做得好的人”。自信这个词与骄傲、自满这些词汇一点关系都没有。

2. **你认为，自己在别人眼里，是一个自信的人吗？通常受到他人最多的评价是什么？**

我觉得我在别人眼里应该是一个自信的人，在多数场合，我是说话比较多的那位，而在超过半数的场合，我可能是话最多的那位。话多，说明想主导聊天内容，这会让别人觉得你比较强势，也可能解释为自信。我受到别人最多的评价是跨界能力强。

3. **你觉得自己是一个自信的人吗？**

我觉得是。

4. **还记得，在某些时刻，你曾感觉特别自信，或者特别不自信吗？**

我生平觉得最不自信的时候是作为高一学生提前参加高考，但没有达到提前高考生的分数线，那年我还不满十五岁。我觉得特别自信的时刻往往是在收到中小学生的父母发给我他们的孩子阅读我的书的照片的时刻。

5. **在迄今为止的人生过往中，是否有一个人／一件事，因为ta的出现，让你变得更加“自信”？**

没有。

6. **在人生不同的年龄阶段，对自我和自信的理解，有哪些不一样呢？**

我觉得，在我回国工作之前，我对自信的理解是比较一致的：能否达到一个既定目标。比如，参加高考能否考上我心仪的大学，能否考上研究生，能否去一个很好的研究单位做博士后，能否发表足够多的论文，论文是否获得足够多的引用。回国之后，我对自信的理解慢慢变得不一样了。比如说，每一次跨界成功，或者每一次跨界，就是自信的表现。完成一本成功的科普著作，写成一首满意的诗歌，甚至发表一篇小说，每一次都增强了自己的自信。

7. **你的内在和外在，对你自信力的影响，各占多大的比重？**

内在占七成，外在占三成。

8. **自信对你来说，更多是先天建立的，还是后天的？**

自信的建立对我来说是后天的。

9. **当你感觉到不够自信的时候，会做什么来让自己感觉更好一些？**

去做一件自己从来没有做过的事情。

10. **在人生的未来，你期待的一种自我会是什么状态？**

没有工作压力，自由地写作（包括诗歌、小说或电影剧本）。

李淼

理论物理学家，专注于研究引力理论和宇宙学，发表了150余篇论文，为2016、2017、2018、2019年度爱思唯尔高被引学者。

也是一名现代汉语诗人、科普作家。过去若干年为几个平台写科普专栏，近来偶尔写几篇短文，专注于出版科普著作。

《三体中的物理学》入围文津图书奖、中国好书奖，获第三届世界华人科普奖金奖，获吴大猷科普著作奖。《给孩子讲量子力学》获第13届文津图书奖，2017年深圳读书月年度十大童书，台北2017年度最佳少年儿童读物奖。

多次参加央视节目，如《读书》《今日影评》等栏目，多次参加综艺节目，如《火星情报局》《智造将来》，为若干科幻影视片科学顾问。

· 祝羽捷：我的自信有一种大树生长的感觉 ·

1. **当你想到“自信”这个词，当下的第一反应是什么？**

我的第一反应是，这事跟我没关系啊，肯定说的不是我。

我不是一个自信的人。我有一张幼儿园照片，大家齐齐穿着边缘是孔雀羽毛图案的白色上衣，随风摆动，我扎着两个小辫，额头点了一颗朱砂红，那应该是某年六一儿童节表演留念，大家都看着镜头咧开嘴，露出门牙或者没有门牙的黑黑缝隙，笑得灿烂如祖国的花朵，只有我紧皱眉头，站在最外面，扭头看着大家——我想看看自信的小孩都是怎么拍照的。

2. **你认为，自己在别人眼里，是一个自信的人吗？通常受到他人最多的评价是什么？**

好像挺多人说我自信的，经常擅自给我起标题就是“自信女性”。最多的评价我就不知道了。

3. **你觉得自己是一个自信的人吗？**

显然不是，一直就没觉得自己有多么好，如果有人夸我，我觉得肯定是一种礼貌性的恭维，我会在心里想：这个人真有教养。我也会下意识地否定或者削弱别人对我的赞美。

4. **还记得，在某些时刻，你曾感觉特别自信，或者特别不自信吗？**

刚刚做成一件事的时候会特别自信，在这之前都会特别不自信。但自信的这种感觉不会持续太久，转而变成一种怀疑：我可能是运气好。我只是这次做的准备比较充分。

刚到一个陌生环境的时候也会特别不自信，会有紧张感，需要知道自己有能力好好生存下去，找到自己的位置，才能放松。

5. **在迄今为止的人生过往中，是否有一个人／一件事，因为ta的出现，让你变得更加“自信”？**

应该是盲目爱我的人吧，被盲目地爱一下，感觉挺好的。

6. **在人生不同的年龄阶段，对自我和自信的理解，有哪些不一样呢?**

我到现在也还在探索自我，了解自我挺难的，不然那么多哲学家到死还没搞明白呢。自我有很多面，有善有恶，有人类无法轻易逾越的恶习，我只能对自我确定的一部分自信，这些是年龄带给我的吧。

7. **你的内在和外在，对你自信力的影响，各占多大的比重?**

我小时候，爸妈特别贬低外表的价值，总跟我传输：“长得好看，读书不好，也是没有用的。”所以外表一直不是我关注的对象，长大后我也矫正了他们对外表的一些看法，两者不应该是一种对抗的关系，外表的确会影响人的精神状态，精神状态也会影响外表，所以中国古人才说“内外兼修”。

8. **自信对你来说，更多是先天建立的，还是后天的?**

对于一个出生在山东的女人来说，自信是后天的，虽然我爸妈也打压我，比如考试考得不错，会说“不要翘尾巴”之类的话，还是为了让我有自知之明，但是大环境对女性的鼓励就更少了。比如在学校常常听到老师说，女孩子现在理科学得好没有用，之后就不如男孩子了。社会上也有很多对女性要成为贤妻良母，过安稳日子的规训。这些都很打击人的自信，很明显发现身边的男同学更自我感觉良好，有要大施拳脚的信心。我的自信是后天的，是我发现原来男同学做的我也可以，这个领域我也不差，逐渐对自己的能力有了了解，同时也看到了边界。所以我的自信有一种大树生长的感觉，不是一蹴而就，更不是与生俱来。

9. **当你感觉到不够自信的时候，会做什么来让自己感觉更好一些?**

做一些小事情，踏踏实实，沉淀自己，把这件小事做好，从中获得掌控的安全感，对自己能力有一些肯定。

10. **在人生的未来，你期待的一种自我会是什么状态?**

我并不觉得自信满满就一定是好事，我很享受时而自信、时而自我怀疑的状态，适当的不确定、不自信让我变得很谦虚，我还有很强的求知欲，想一辈子有学生气。

祝羽捷

作家、策展人，英国旅游局中国区社交媒体影响力友好大使

著有《万物皆有欢喜处》《世界从不寂静》《人到了美术馆会好看起来》等，翻译作品有《哗众取宠》《文艺复兴人》《简洁如相片》等

· 采铜：我越来越不依赖自信 ·

1. **当你想到“自信”这个词，当下的第一反应是什么?**

   我会想到这是一个常见的个人特征，很普遍。

2. **你认为，自己在别人眼里，是一个自信的人吗？通常受到他人最多的评价是什么?**

   认识我的人会觉得我是自信的人，有时候也会觉得我是“过度自信”了。我受到的评价太多了，各种各样的都有，后来我学会了忘记这些评价。

3. **你觉得自己是一个自信的人吗?**

   我是一个自信的人，当然我也有不自信的时候，不过在大多数时候，我处在自信的状态。

4. **还记得，在某些时刻，你曾感觉特别自信，或者特别不自信吗?**

   我的第一本书《精进：如何成为一个很厉害的人》很畅销，大大超出了我原先的预期，这件事让我在写作上更自信了，也坚定了我一直写下去的信念。

5. **在迄今为止的人生过往中，是否有一个人／一件事，因为ta的出现，让你变得更加“自信”?**

   我读初中时，我的语文老师和数学老师都特别喜欢我，她们给了我很多褒扬和鼓励，我的自信心是从那个时候建立起来的，这种影响一直持续到现在。

6. **在人生不同的年龄阶段，对自我和自信的理解，有哪些不一样呢?**

二十岁前，我自信，但是我不会反思我的自信。二十岁到三十岁，我经历了更多的失败以后，我的自信出现过动摇，也学会了反思我的自信。三十岁到现在三十九岁，我越来越不依赖我的自信来做事，我更依赖的是我的信念，其中也包括责任感、使命感等，当然你也可以把这种信念理解成一种自信，即对自己所秉持的信念的信心。

7. **你的内在和外在，对你自信力的影响，各占多大的比重?**

我的外在，可以说是一般，甚至有所缺憾，所以我从青春期就制定了一个策略，苦修内功吧，不断地增加自己的才华。所以我的自信主要来自我的内在，内在大概占了九成。

8. **自信对你来说，更多是先天建立的，还是后天的?**

后天为主，先天也有一定的影响。在我的童年和少年时代，我的母亲和我的老师都曾给过我很多鼓励，这是我自信的源泉。

9. **当你感觉到不够自信的时候，会做什么来让自己感觉更好一些?**

我会想，失败了没关系，我可以再来一次。

10. **在人生的未来，你期待的一种自我会是什么状态?**

我希望我可以更自信一点，这样可以有勇气去做更“大”的事。

采铜

心理学博士，畅销书《精进》系列作者

· 崔佳：自信，然后自由 ·

1. **当你想到“自信”这个词，当下的第一反应是什么？**

   自由。

2. **你认为，自己在别人眼里，是一个自信的人吗？通常受到他人最多的评价是什么？**

   在不熟悉的人眼中，我是个没理由不自信的人。

   状态好的时候，我认为自己怎么能这么优秀。状态不好的时候，那就是另一回事了。我特别擅长用别人的优点来攻击自己。

   受到的最多的评价是：高冷、气质好。

3. **你觉得自己是一个自信的人吗？**

   当然。

4. **还记得，在某些时刻，你曾感觉特别自信，或者特别不自信吗？**

   有一回，我去参加某投资公司的年会，请的都是他们投资过的公司老板、高管之类的。

   刚下高铁，来接我们的是一个极清秀的年轻姑娘。我看着挂在她身上不太自如的职业装，还是感叹，大公司连接待生的质素都这么高。

   到了会场，签到簿旁坐着投资经理。我该怎么形容她呢。就是小时候看港剧里，最高级干练的中环白领的模样吧。如果说我看到第一个美女时，我还平静，无非是误以为她是个接待。而第二位，是在身形、气质、长相、事业各方面都那么优秀的女生。那一刻我听见我心里有个声音，原来我这么普通。

接下来，我看着一个个气度不凡、品味上乘的姐姐们在台上描绘自己的公司，我心里的那个小女孩开始蜷缩。

还没完。晚上一起去唱歌，这是我的强项，我这么想。结果我怀疑投资方请了一堆专业歌手。

我窝在沙发里抹眼泪，羞愧自己毫无长处。我给导师发信息，诉说我一天下来遭到的暴击和自我怀疑。导师回了我一句话：你看到的应该是假象。

我不太理解。

十分钟不到，投资部的总监一脸兴奋地过来找到我，说："你跟我说说，你怎么那么厉害，兼职做了这么大流量的公号……"

自那后，我经常会提醒自己看到的是假象。

5. **在迄今为止的人生过往中，是否有一个人／一件事，因为ta的出现，让你变得更加"自信"？**

五年前，我经历了一次重创，事业全线崩塌，遭团队背叛，与合伙人不和，家底快赔干净。在医院，被诊断为抑郁症和焦虑症。印象最深刻的是前五分钟情绪爆发，后想到明天就要完成的一个案子，立马坐下来专注方案。大概四个月吧，一切都变得好起来，甚至比以前更好。所以，我想说的那个人，是经历挫折时的自己。我想以后应该没什么能困得住我吧。

6. **你的内在和外在，对你自信力的影响，各占多大的比重？**

都蛮重要的。我在乎呈现在外的品位、气度，也看重自己的价值和成长。

7. **自信对你来说，更多是先天建立的，还是后天的?**

我不确定。我从来都倔强和自我，也容易自我怀疑。

8. **当你感觉到不够自信的时候，会做什么来让自己感觉更好一些?**

健身，购物，或看看《诺丁山》那种有趣又经典的片子。

9. **在人生的未来，你期待的一种自我会是什么状态?**

自由。保持热情，也可以内心平静。

崔佳

十年出版人

文化传媒公司总经理

· 大王：自信，就是我确信我存在的价值 ·

1. **当你想到“自信”这个词，当下的第一反应是什么？**

   自信是对一种状态的归纳，它不是一种个性特质，而是当下那一刻我能肯定地感受到：存在于世界的感受是真实的、好的。

   在我熟悉的场域空间面前，我能感觉到自己就是绝对自信的，但需要跟其他人发生关系，就会有变动。

2. **你认为，自己在别人眼里，是一个自信的人吗？通常受到他人最多的评价是什么？**

   好像很少有人用自信这个词来评价我，一般我收到的评价是可爱、靠谱、特别、有意思。

   原来我受到更多的评价是高冷、不好相处、有距离感，发生改变的原因是，我更接纳真实的自我了，所以就不那么需要高冷这个“外壳”。

   高冷对我来说，曾经是一种筛选工具，可以让我辨别谁才是更愿意靠近我的人。但我后来意识到，这种保护壳也让我错失了很多机会。当我社交的安全感更强以后，我也得到了更多来自他人的接纳，我就不再那么需要高冷这个工具了。

   可能很多人会把这些改变都归纳为自信的提升。

3. **你觉得自己是一个自信的人吗？**

   我现在不太用这个词来总结自己的状态，我能感受到，某些时刻是有自卑存在的，某些时刻是自信的，但我知道这些都不是永恒的，它都是变化中的。

我现在对自己是一个很好的观察者，我可以观察到这些变化，能接纳它是变动的，也能看见引起它们变动的原因是什么。

4. **还记得，在某些时刻，你曾感觉特别自信，或者特别不自信吗?**

可能别人会以为，获得某些成就之后，能获得更多自信。但其实社会名声上的拔高，或者拥有什么，不仅没有让我更自信，反而给我带来更大压力，因为外界对我的期待更高了。

但对我自己来说，我更多的自信来自有些我认为难堪、幼稚的事，在信任的人眼里却毫不在意，这种接纳让我更自信。

年轻时候，我们会以为做到什么就更自信，但我现在觉得那只是一种优越感，两者看起来相似，但优越感是外在的状态，自信是更内在的状态。

我现在认为，即便我没有那些成就，我仍然是可以自信的。

5. **在迄今为止的人生过往中，是否有一个人／一件事，因为ta的出现，让你变得更加“自信”?**

遇见十二，就让我更加自信了。

以前我的世界里是没有“闺蜜”这个关系存在的，但她能让我很自信地说，这是我的闺蜜十二。

以前我会觉得跟人袒露最真实的自我，是很可怕的。但现在我会相信，的确有人可以接纳真实的你，你可以随时跟她探讨很多问题，也不需要掩饰真实的想法。

6. **在人生不同的年龄阶段，对自我和自信的理解，有哪些不一样呢?**

二十多岁的时候，自信就是一种优越感，我比别人好，我就自信；

三十岁左右的时候，会发现自信跟自卑之间会有很强烈的拉扯；

但接近四十岁以后，我觉得自信就是我确信自我存在的价值，我不需要别人来评价我够不够好。

而且现在不熟悉、不亲近的人给予我的评价，都不太能影响到我，我会觉得那些不重要、不关心。

我认为原因是，我有了更多选择的能力，以及为自己负责的能力。

7. **你的内在和外在，对你自信力的影响，各占多大的比重?**

我三十几岁之前，很少有人说我好看。但我三十岁以后，突然被很多人夸奖是好看的。原因其实不是我变了多少，而是在于我身边的人不一样了。所以，把自己放在对的位置和圈子是很重要的，当你跟对的人在一起，你就是会变得更好看，你的内在也能获得更多的滋养。

很多女人，如果你仔细观察，真的会发现，跟不一样的人恋爱，她们的外在、内在都会呈现不一样的状态。

8. **自信对你来说，更多是先天建立的，还是后天的?**

后天的自信，是截然不同的状态。比如，我现在敢说：我就是可爱啊。能调侃地说：美女的事情，你少管。那不是因为我觉得自己美，而是觉得，你觉得我不美又怎么样呢?

9. **当你感觉到不够自信的时候，会做什么来让自己感觉更好一些?**

去做我擅长的事情——拿着相机出门拍照。最近比较喜欢干的是上山挖草。

10. **在人生的未来，你期待的一种自我会是什么状态?**

我没有想过也无法想象我期待的将来是哪个状态。只要是真诚的我就行了，拭目以待吧。

感受当下就很好，活着、呼吸、体验。

大王

肖像摄影师

· 小蜜：自信是因为无所畏惧而无须隐藏 ·

1. **当你想到“自信”这个词，当下的第一反应是什么？**

   听到“自信”这个词，眼前浮现出一张张轻松笃定的笑脸，从容坚定，以及阳光照在他们身上的样子，是的，其中有很多时候的我自己，也有我见到过的很多人的那个时刻。

2. **你认为，自己在别人眼里，是一个自信的人吗？通常受到他人最多的评价是什么？**

   在别人的眼里，我一直是个很自信的人，但自己的感觉并非如此。曾经别人眼中的我，优秀能干，以做出的漂亮结果被人称赞——那样的自信是基于外界的评价，是我在证明自己足够好，而一旦感觉不够好的时候，就默默躲起来品味挫败、品尝孤独。那是一种为了补偿不够自信而向外抓取到的自信。

   如今，在别人眼中的我，有光彩亮丽、好玩可爱、智慧温暖，也有漏洞百出、脆弱无助、邪恶虚伪，所有这些真实的呈现与承认，构成了真正自信的我自己。我清楚我是谁，我不再怕我不是谁，仅仅是如此、如是的自己。这是我现在的自信：因为无所畏惧，而无所隐藏、无需隐藏的底气；因为解除了对自己的误解，而平静笃定、真实勇敢的力量。

   当然，这一切依然还在探索与自省的反复里，在永无止境的过程里，并不是一个结论或终点。

3. **还记得，在某些时刻，你曾感觉特别自信，或者特别不自信吗？**

   记得，有很多不自信的时刻：当我青少年时敬重并向之学习的人批评我、打击我，对我不抱希望时，我特别地不自信，甚至想要就此沉沦下去；即便有人因为我做得好而夸赞我，许我以更高期待时，我看起来似乎信心满满，却在内心里对自己心生怀疑——我真的可以吗？他说的是真的吗？

也有很多自信的时刻：当我内心不被外界左右，即便不知道结果会如何，我依然相信一切都会很好，也能接受任何不好的发生，然后，总是出现超出预期的惊喜，这样的整个过程都是特别自信的。

4. **在迄今为止的人生过往中，是否有一个人／一件事，因为ta的出现，让你变得更加“自信”？**

有那么几个人，因为ta的出现，我变得更加自信——

我的几个朋友，他们在我因为没做好事情而鞭打自己时，告诉我我有多么的棒；在我不知道自己可以更好、更美时，欢乐地带着我厮混，让我体验到自己的珍贵与美好。

这里重点感谢我的闺蜜十二，她对我的爱护和珍视，让我慢慢爱上自己。

我的心理学恩师们，他们在我最无助最痛苦的时刻，带我穿越爱的障碍，引领我一点点看到自己内心深处的本质，而那个本质，正是我此生最大的礼物，也是我真正自信的本源。

这里重点感谢我的Joyce老师、Cissy老师，她们的智慧修为，以及对我智慧的“开窍”，是我今生学习的榜样。

5. **在人生不同的年龄阶段，对自我和自信的理解，有哪些不一样呢？**

在人生不同的年龄段，我对自我的理解很不一样：

以前理解到的“自我”，更多的是聚焦在外在的“我”，更关注我自己展现出来的样子，更在乎外界对“我”的看法，是一种能感觉到“小我”和“自私”的部分，可以称之为“好自我”！那时总会有两个“我”在心里打架，因为我与最里面的那个本真的自己是分离的。

后来理解到的“自我”，更多的是聚焦在内在本真的“我”：我的内在感觉是什么？我与自己的关系是怎样的？我外在与内在是否统一？此时的我自己，让曾经打架的两个“我”达成和解，没有战争的、统一的“自我”，只是在把真实的生命活出来。

对于自信，在不同的年龄阶段，也有不同的理解：

曾经，看待“自信”，觉得展现出优秀能干、大胆霸气、光鲜亮丽的样子就是自信的全部。

后来经历了很多，也因为做心理咨询的原因，得以看到很多站在山巅的人，不管做到多好、多牛，内心里的虚弱都无法去除，自信也许只是他们武装自卑的一个武器。我这才慢慢体会到，自信只是一种内心的状态，温和柔软更有力量，低调谦卑更有底气，而这种自信，是每个人都能真正感受到的，也能真正被影响到的。

6. **你的内在和外在，对你自信力的影响，各占多大的比重？**

对我自信力的影响，内在占七成，外在占三成。

7. **自信对你来说，更多是先天建立的，还是后天的？**

对我来说，自信有先天的部分，也有后天的部分，就看在成长的过程里，自信的力量在内心里遭遇了什么，又妥协了什么。

比如我的两个孩子，生下来都足够自信，甚至自恋。女儿在成长过程中受到过多关注，也得到更多“框架”，而幼小的她无法匹敌大人的力量，自信慢慢缩起来一部分，变得小心胆小，变得不够有主见，后来因为自我的觉醒，多年来一点点帮她找回那份自信，如今又是个自信满满的孩子了。

而我的儿子，从小就自信到倔强，触到他底线的事情他能斗争到底，因而所有人更加尊重他那份自信，且被他的自信感染。我们唯一做的，是引导他在自信和刚愎自用之间找寻平衡。

先天的自信可以被破坏消耗，后天的自信也可以重建增强。

8. **当你感觉到不够自信的时候，会做什么来让自己感觉更好一些？**

当我感觉到不够自信的时候，我会给自己一个单独的时间和空间，好好体会下那种挫败黯然的感觉（那是每次不自信时都会冒出来的东西，越躲越大，如滚雪球），于是，在面对和穿越了种种感觉后，会有了然的感觉冒出来，也会自然而然地生发平静和力量。

此时，放下了对某些事情和结果的追求，着手做一些自己喜欢的小事，比如莳弄花草、整理房间、读一本书、见个朋友，安住在当下此刻的感觉，非常美妙。

9. **在人生的未来，你期待的一种自我会是什么状态？**

在人生的未来，我期待的一种自我，会是怡然自得、简单纯真、魅力美丽、优雅可爱、智慧温暖的样子。不管外貌变成什么样子，都从内而外散发着光芒，自己内心很舒服，也令每一个身边的人都舒服。

小蜜

国家二级心理咨询师

家庭亲子关系讲师

· 赵黎：自信的人眼里有笃定光芒 ·

1. **当你想到“自信”这个词，当下的第一反应是什么？**

一个有着从容神态、眼里闪耀着笃定光芒的女性形象。

2. **你认为，自己在别人眼里，是一个自信的人吗？通常受到他人最多的评价是什么？**

是的，我在父母、爱人、女儿、事业伙伴、朋友眼中，都是一个自信的人。通常他们会说：“没有Grace搞不定的事情”，“Grace对任何事情，总是能以最快的速度做出正确的决策，然后毫无犹豫地执行到位”，“Grace从来不会有畏难的时刻，总是先相信办法总比困难多”。

3. **你觉得自己是一个自信的人吗？**

是的，我认为自己是一个很自信的人。而且，我找不到有什么令我不自信的理由。

4. **还记得，在某些时刻，你曾感觉特别自信，或者特别不自信吗？**

因为内心本就喜欢挑战，并且认为自己擅长应对复杂问题，从来没有什么畏难心理。而且，我会时时提醒自己，每件事情都需要找到最科学的处理方法。再加上我天性乐观，所以很自信吧。

特别不自信的事情，还真没想到。

5. **在迄今为止的人生过往中，是否有一个人／一件事，因为ta的出现，让你变得更加“自信”？**

我仔细想了一下，爱自己的家人和有经验的朋友，在背后无形的支撑的确会带来安全感。

但“自信”的感受，还是来源于自己。

6. **在人生不同的年龄阶段，对自我和自信的理解，有哪些不一样呢?**

仔细想想是有一些不同的。

十六岁前，自我意识属于混沌状态，自信是只要完成一个功课、得到一个好结果就会单纯地感到开心。

十八岁至三十岁，自我意识开始明确，在意自己和他人的认同，自信感不只是来自某一个具体事情的成果，也期待在过程中收获他人认可、自我认可，以及全方位的成长。

三十岁之后直至此刻，自我觉察的部分逐步完整，自信成了一种更加内在的东西，像一种骨子里的从容和笃定，不再因为谁的看法、一个事情的成败而有所影响，因为从别人的不认同里能让我更深层次去思考和自省；失败或者失利也很有趣，会让我有新的启发。

7. **你的内在和外在，对你自信力的影响，各占多大的比重?**

内在的影响更大，占百分之七十。外在的影响也不小，占百分之三十。

内在的力量会驱使我的内在心理和外在状态共同成长。

8. **自信对你来说，更多是先天建立的，还是后天的?**

我想还是后天经历了越来越多的事情，从领悟中慢慢获得的。

9. **当你感觉到不够自信的时候，会做什么来让自己感觉更好一些?**

会停下来，不要那么急着开始，也不那么急着分辨。就静静地感受一下，自己的感受来源到底是什么。理清楚后会感觉好很多，会设定好调节的方式和节奏，再一次去面对，绝不逃避。

10. **在人生的未来，你期待的一种自我会是什么状态?**
荣辱不惊，平静笃定，对全世界温柔。

赵黎 Grace Zhao

作家

原电台财经栏目及情感栏目主持人

多家国内外著名企业品牌战略顾问

十二

作家，“不畏将来不念过去”品牌创始人

公众号：不畏将来不念过去

小红书：作家十二

已出版作品：

《不畏将来不念过去》

《不畏将来不念过去2》

《最好的年龄才刚刚开始》等

你的自信，决定你的未来

产品经理 | 熊悦妍　装帧设计 | 吴偲靓
封面插画 | 山寂JS　监　　制 | 何　娜
责任印制 | 刘世乐　出 品 人 | 王　誉

图书在版编目（CIP）数据

你的自信，决定你的未来 / 十二著 . -- 南京 : 江苏凤凰文艺出版社 , 2021.11
ISBN 978-7-5594-6317-3

Ⅰ . ①你… Ⅱ . ①十… Ⅲ . ①随笔 - 作品集 - 中国 - 当代 Ⅳ . ① I267.1

中国版本图书馆 CIP 数据核字 (2021) 第 195255 号

你的自信，决定你的未来

十二 著

出 版 人 张在健
责任编辑 王 青
装帧设计 吴偲靓
责任印制 刘世乐
出版发行 江苏凤凰文艺出版社
南京市中央路 165 号，邮编：210009
网 址 http://www.jswenyi.com
印 刷 北京世纪恒宇印刷有限公司
开 本 880 毫米 ×1230 毫米 1/32
印 张 8.5
字 数 212 千字
版 次 2021 年 11 月第 1 版
印 次 2021 年 11 月第 1 次印刷
印 数 1–25, 000
书 号 ISBN 978-7-5594-6317-3
定 价 49.80 元